W0183058

Harold et Maude

ÉTONNANTS • CLASSIQUES

COLIN HIGGINS

Adaptation de Jean-Claude Carrière

Harold et Maude

Présentation, notes et dossier par
LAURE HUMEAU-SERMAGE,
professeur de lettres

Flammarion

Dans la même collection

JEAN-CLAUDE CARRIÈRE, *La Controverse de Valladolid.*

© Éditions L'Avant-scène théâtre, 1974,
pour le texte de la pièce *Harold et Maude.*
© Éditions Flammarion, 2009, pour l'appareil critique
de la présente édition.
Édition revue, 2014.

ISBN : 978-2-0813-1480-1
ISSN : 1269-8822

SOMMAIRE

PRÉSENTATION

Harold et Maude, de l'écran à la scène

L'histoire d'*Harold et Maude* est née au début des années 1970 dans l'esprit d'un jeune homme de vingt-neuf ans, Colin Higgins[1], étudiant dans une école de cinéma de Los Angeles. Pour son diplôme de fin d'études, Colin Higgins présente un scénario qui met en scène la rencontre inattendue d'un jeune homme de dix-neuf ans à l'imagination débordante et morbide, et d'une vieille dame de presque quatre-vingts ans, pleine de vie et anticonformiste. Hollywood s'empare de cette histoire à la fois grave et joyeuse, triste et optimiste, et décide de la porter à l'écran. Hal Ashby[2] réalise le film *Harold et Maude* en 1971[3]. Boudé par la critique intellectuelle, violemment conspué par les conservateurs, il devient culte sur les campus américains et remporte un très large succès. Fort de ce triomphe, Colin Higgins transforme bientôt son scénario en roman. En France, le texte est publié en 1972, aux éditions Denoël.

À cette transposition d'un genre à l'autre – aujourd'hui appelée « novélisation[4] » – succède une autre, plus rare et originale : l'adaptation scénique.

---

1. Né en 1941, ***Colin Higgins*** fut réalisateur, scénariste et producteur. Il meurt du sida en 1988 à Beverly Hills, en Californie.

2. Monteur, réalisateur puis producteur américain, ***Hal Ashby*** naît en 1929 et meurt en 1988.

3. Le film sort en France en décembre 1972.

4. ***Novélisation*** : nom tiré de l'anglais *novel* (« roman », en français), qui désigne la transformation d'un film ou d'un scénario en roman.

Harold et Maude devient une pièce de théâtre grâce à deux grands noms de la scène française de l'époque, Jean-Louis Barrault et Madeleine Renaud[1]. Séduits par cette histoire, ils demandent à Colin Higgins l'autorisation de transformer le scénario du film en texte dramatique. La tâche est confiée à un jeune scénariste français, Jean-Claude Carrière. En collaboration avec Colin Higgins, il envisage le découpage des séquences du film en actes et en scènes, puis écrit la version française de l'adaptation théâtrale, Colin Higgins se chargeant du texte anglais. La première représentation de la pièce a lieu le 8 octobre 1973 à Bordeaux. Celle-ci est ensuite jouée à Paris, au théâtre Récamier puis au théâtre d'Orsay. La distribution[2] est de qualité : Madeleine Renaud joue une Maude inoubliable, Daniel Rivière – jeune acteur prometteur – incarne un Harold émouvant et Mme Chasen, la mère du jeune homme, est interprétée par Philippine Pascale, qui restitue avec talent toute la dimension comique du personnage. Le metteur en scène, Jean-Louis Barrault, s'entoure aussi de Guy Béart[3], auteur, compositeur et interprète qui signe la chanson *Les Couleurs du temps* (acte I, scène 12), et, pour les costumes de Maude, Harold et Mme Chasen, d'Yves Saint-Laurent et de Pierre Cardin – trois grands artistes des années 1970. Tout comme le film, la pièce rencontre un vif succès, et reste à l'affiche à Paris pendant plusieurs années.

1. ***Jean-Louis Barrault*** (1910-1994) fut comédien, metteur en scène, directeur de théâtre; sa femme ***Madeleine Renaud*** (1900-1994) mena elle aussi une brillante carrière de comédienne. Ils ont fondé la Compagnie Renaud-Barrault.

2. ***Distribution*** : ensemble des acteurs qui interprètent les rôles.

3. Né en 1930, ***Guy Béart*** est à l'époque une figure incontournable du monde artistique.

Jean-Claude Carrière, un auteur aux talents multiples

Né en 1931, celui qui, en 1973, travaille avec Colin Higgins à l'adaptation scénique d'*Harold et Maude* est un auteur protéiforme, c'est-à-dire capable, tel Protée, le dieu grec de la mer, d'emprunter des visages différents. Ainsi Jean-Claude Carrière est-il tour à tour romancier, scénariste et dramaturge.

En 1957, il écrit *Lézard*, son premier roman. Mais aussi attiré par d'autres genres, il publie quelque temps plus tard des essais (*Les Mots et la Chose*, 1986) et des récits (*La Controverse de Valladolid*, 1992). À l'amour de la littérature s'ajoute la passion du cinéma. Il collabore pendant de nombreuses années avec le cinéaste espagnol Luis Buñuel pour qui il signe notamment les scénarios du *Journal d'une femme de chambre* (1964) et de *Cet obscur objet du désir* (1977). Il est également scénariste pour Volker Schlöndorff (*Le Tambour*, 1979), Miloš Forman (*Valmont*, 1988) et Jean-Paul Rappeneau (*Cyrano de Bergerac*, 1990, et *Le Hussard sur le toit*, 1995). Dès les années 1970, il s'essaie à l'écriture théâtrale : il compose avec Peter Brook[1] une pièce intitulée *L'Aide-mémoire* en 1968, puis réalise l'adaptation scénique de *La Controverse de Valladolid*[2], mise en scène par Jacques Lassalle en 1999.

---

1. Metteur en scène et réalisateur britannique né en 1925, ***Peter Brook*** s'installe avec sa compagnie au théâtre parisien des Bouffes du Nord dans les années 1970 : cette scène devient alors un lieu important de la création théâtrale française.

2. Disponible dans la collection « Étonnants Classiques », GF-Flammarion, 2004.

Années 1970 : Beat Generation et hippies...

Les différentes versions de l'histoire d'Harold et Maude reflètent le contexte où elle a vu le jour.

En Amérique du Nord, dans les années 1950, s'exprime parmi les écrivains, intellectuels et artistes en tout genre, un mouvement de contestation appelé Beat Generation[1]. Ce nom reprend une expression que Jack Kerouac (1922-1969) utilise la première fois en 1948 pour qualifier son cercle d'amis, tous des artistes bohèmes.

Pour cette génération, les horreurs de la Seconde Guerre mondiale, la possibilité de la destruction totale du monde par l'arme atomique et la crainte d'un nouvel affrontement entre le bloc soviétique et les démocraties occidentales sont autant de fléaux qui rendent impossible toute adhésion aux valeurs de la société américaine. En outre, cette génération a bien du mal à trouver sa place dans un pays rongé par la misère et divisé par une cruelle ségrégation raciale[2]. Refusant le conformisme et le matérialisme de l'*American way of life*, ses membres, aventuriers assoiffés d'absolu, influencés par le surréalisme, la drogue et les philosophies orientales, sont appelés *beatniks*. Leur idéologie est bientôt récupérée par les hippies.

En effet, dans les années 1960, bien qu'ils méprisent l'individualisme et la dimension intellectuelle dont s'accompagne le

1. En anglais, ***Beat Generation*** signifie littéralement la « génération épuisée ».

2. La ***ségrégation raciale*** est la séparation absolue, organisée et réglementée, de la population de couleur d'avec les Blancs (dans les écoles, les transports, les magasins...). Dans les années 1960, le mouvement de défense des droits civiques (porté notamment par Martin Luther King) permit l'abolition progressive de ces lois racistes instaurées dès la fin du XIXe siècle aux États-Unis.

mouvement de la Beat Generation, les hippies deviennent les héritiers de cette contre-culture et de la contestation inscrite à sa source. Certains hippies s'engagent politiquement : ils mènent un véritable combat contre les injustices de la société, contre les valeurs bourgeoises, contre la guerre – dont celle du Vietnam, qui commence dès 1965, offre un tragique exemple – et contre toutes les formes de discrimination et de racisme. D'autres cherchent en premier lieu à se débarrasser de toutes contraintes et normes sociales. Ils prônent le retour à la nature et la liberté sexuelle, expérimentent des utopies[1] communautaires et consomment drogues douces et dures. Ils manifestent un goût prononcé pour l'Orient et adoptent des tenues vestimentaires peu conformistes ou extravagantes. Deux expressions symbolisent et résument la philosophie de ce mouvement : le slogan *Peace and Love* – indissociable du très célèbre sigle rond[2] –, qui traduit le pacifisme et l'épicurisme des hippies, lesquels choisissent de « faire l'amour et pas la guerre » ; la formule *Flower Power*, qui véhicule elle aussi une opposition à toute forme de violence – la fleur symbolisant l'amour du prochain, de la nature et de la paix.

Le souffle de ces mouvements libertaires nés aux États-Unis gagne aussi la France. En témoigne la révolution de mai 1968. Il culmine en août 1969 lors du festival de Woodstock[3].

Le scénario de Colin Higgins, qui fut étudiant à l'université de Berkeley[4] au plus fort moment de la contestation hippie, est tout imprégné de ces revendications libertaires.

---

1. ***Utopies*** : pays imaginaires où un gouvernement idéal règne sur un peuple heureux.

2. Le symbole *Peace and Love* (rond barré d'une sorte de patte d'oiseau) est imaginé en 1958 par le designer britannique Gerald Holtom, membre de la Campagne pour le désarmement nucléaire. Emblème des opposants à l'armement nucléaire, il devient très vite celui des hippies.

3. Ce concert de musique rock organisé du 15 au 17 août 1969 à Bethel aux États-Unis dans l'État de New York réunit plus de 500 000 personnes.

4. Université de Californie, située dans la baie de San Francisco.

La philosophie de Maude

L'héroïne Maude, une vieille dame de presque quatre-vingts ans, incarne cet esprit de liberté et de contestation. À l'acte I, scène 12, elle évoque son passé de militante et ses combats en faveur de « nobles causes » – la « liberté », la « justice » – et contre la « misère du monde ». Elle décrit « les manifestations, les piquets de grève, les meetings politiques » où elle a été « traînée par la police, attaquée par les vauriens de l'opposition ». Mais Maude se range du côté des pacifistes : plus jeune, elle se défendait avec son parapluie ; avec l'âge, elle mène son combat de façon plus solitaire, usant de son « arme secrète », la tendresse. Prônant une spiritualité détachée de toute religion traditionnelle, elle recherche une communion totale avec les autres et avec le monde (acte II, scène 3). Ardente protectrice de la nature, elle sauve un arbre de l'asphyxie urbaine (acte I, scène 5, et acte II, scène 3), nourrit les oiseaux (acte I, scène 6), fait l'éloge des fleurs (acte I, scène 9), et traite végétaux et animaux comme des êtres humains.

Refusant toute notion de possession et de propriété, elle explique qu'il ne faut s'attacher à rien (acte I, scène 6), n'hésite pas à emprunter voiture (acte I, scènes 5 et 8), meuble et maison (acte II, scène 2), et offre généreusement les quelques souvenirs qui lui appartiennent : livres, œuvres d'art ou vieille théière (acte II, scène 6). Maude apparaît aussi comme le chantre[1] de la liberté. Elle hait ce « monde [qui] aime les cages » (acte I, scène 6) et délivre un phoque, qu'elle baptise M. Murgatroyd, du zoo où il était enfermé (acte I, scènes 6, 8 et 9), comme elle avait l'habitude autrefois de libérer les canaris vendus dans les boutiques ! Elle s'affranchit de toutes les conventions sociales. Manger des pistaches lors d'un enterrement (acte I, scène 3), siffler les doigts dans

1. ***Chantre*** : personne qui célèbre quelqu'un ou quelque chose.

la bouche (acte I, scène 9) et, en dépit de son grand âge, poser nue pour un ami peintre (acte I, scène 6), aimer un garçon de dix-neuf ans et tenir en équilibre sur la tête (acte II, scène 3) ne lui posent aucun problème et en disent long sur « l'âme [de] collégienne » qui l'anime ! Son ultime liberté consiste à choisir le moment de sa mort (acte II, scène 8). Maude veut agir sans contraintes, peu importe ce que lui disent le père Finnegan, Mme Chasen, le jardinier chef du cimetière et son acolyte, l'inspecteur Bernard et le sergent Doppel, qui veillent au respect de l'ordre.

Si l'excentricité de Maude et son anticonformisme reflètent l'époque de création du personnage, le message que la vieille dame délivre à Harold et l'héritage spirituel qu'elle lui lègue à la fin de la pièce ont des accents universels.

Une initiation à la vie

Harold est un jeune homme issu d'un milieu très favorisé, dont la vie est entièrement tournée vers la mort, fantasmée – à travers des simulacres de suicides savamment mis en scène – ou vécue par procuration – à travers les enterrements auxquels il assiste. Étouffé par l'autorité maternelle, menacé par un mariage qu'il ne souhaite pas, il tente d'échapper à un monde conformiste et bourgeois. Mme Chasen, sa mère, incarne ceux que les hippies appelaient *squares*[1] : toujours occupée, d'une très grande rigidité[2], elle suit aveuglément les règles et les codes sociaux,

1. ***Squares*** : terme qui signifie en anglais « carrés » ; la nomination péjorative met en valeur la rigueur et l'austérité des bourgeois auxquels s'opposaient les hippies.
2. On pense en particulier à la scène 4 de l'acte I, où les réponses de Mme Chasen au questionnaire de l'agence matrimoniale qu'elle sollicite pour Harold traduisent ses convictions étriquées.

sans jamais les remettre en question. Grâce à Maude, Harold découvre qu'il existe une autre voie que celle métaphoriquement appelée « cauchemar climatisé[1] » par l'écrivain américain Henry Miller. Maude enseigne à Harold une autre forme de vie, le plaisir et l'amour.

Elle l'initie à la musique, « langage universel, [...] grande danse du cosmos », et entreprend son éducation musicale en lui offrant un banjo (acte I, scène 12) ; elle parvient même à lui faire faire des pas de valse, alors que Mme Chasen considérait les cours de danse de son fils comme un échec (acte I, scène 1). Sa machine à odorifiques (acte I, scène 6), ses dégustations de « produits naturels », que l'on boit ou que l'on fume (acte I, scènes 9 et 12), et son amour (acte II, scène 4) initient Harold aux plaisirs des sens. L'enseignement de Maude est une leçon de vie. S'insurgeant contre ceux qui « tournent le dos à la vie », elle conseille au jeune homme de faire en sorte que son chemin soit le plus agréable possible (acte I, scène 12). La pièce peut alors être lue comme la renaissance du garçon ou le passage à l'âge adulte. Alors qu'Harold se donne la mort à la scène 1 de l'acte I, il sort de l'acte II plus vivant que jamais et le cœur en joie, s'étant affranchi de l'autorité maternelle et ayant conquis sa liberté (scène 8).

Le message de Maude est intemporel : il faut simplement aimer et aimer encore, être enthousiaste et dévorer la vie, avoir confiance et se réjouir de la beauté du monde.

1. Titre d'un essai que Henry Miller (1891-1980), publie en 1945, dans lequel il dresse le constat amer de l'état de son pays.

La tradition théâtrale de la comédie

L'adaptation de Jean-Claude Carrière n'a rien d'une pièce de théâtre dont la forme serait héritée du classicisme français : la composition en deux actes, le nombre inégal de scènes (douze pour le premier acte, huit pour le second), le changement de lieu d'une scène à l'autre, tout comme la juxtaposition de plusieurs tableaux dans une même scène[1] donnent à la pièce une forme originale et très moderne. Néanmoins, *Harold et Maude* use de ressorts dramatiques appartenant à une longue tradition comique. Comme dans la comédie d'intrigue, la pièce met en scène un amour contrarié. Si l'amante n'est pas une jeune femme mais une « princesse de quatre-vingts ans » (acte II, scène 7), nombreux sont les opposants aux projets de mariage des amants : Mme Chasen, qui présente trois fiancées à son fils (acte I, scènes 7 et 10, et acte II, scène 1) par l'intermédiaire d'une agence au nom prometteur, Matrimo-Flash, et s'offusque des sentiments d'Harold pour Maude ; le docteur Mathews et le père Finnegan, qui incarnent la morale et la norme, et s'attachent à mettre au jour le caractère inacceptable de l'union qui se dessine (acte II, scène 7).

En outre, la pièce emploie toutes les ressources du comique de situation, de gestes et de mots. Les scènes avec Mme Chasen (acte I, scènes 1 et 4, par exemple), tout comme celles avec les jardiniers (acte I, scène 5) et avec l'inspecteur Bernard et son assistant Doppel (acte I, scène 8, et acte II, scène 2) sont riches en procédés comiques qui contribuent à la satire d'un monde

---

1. Par exemple, la scène 2 de l'acte I et la scène 7 de l'acte II se passent simultanément dans plusieurs lieux : un jeu de lumières permet le passage d'un groupe de personnages à l'autre.

normatif et conventionnel. Le caractère d'Harold porte aussi à sourire : individu à l'imaginaire débordant, habile en stratagèmes variés pour mettre en scène sa propre mort, il apparaît tel un jeune Candide[1] découvrant l'amour en même temps que la vie. À de nombreuses reprises, l'absurde est roi : Maude montre avec humour le non-sens de certains usages et pratiques comme celle qui consiste à orner les églises de statues lugubres de saints (« les saints devraient être heureux [...]. Un saint malheureux, c'est inimaginable », acte I, scène 3) ou encore l'interdiction de creuser des trous dans un cimetière (acte I, scène 5) !

Mais si la pièce est dominée par ce registre léger, le pathétique confine au tragique à la fin de la pièce : au-delà du rire, c'est l'émotion qui étreint le lecteur.

---

1. ***Candide*** : personnage naïf, héros éponyme du célèbre conte de Voltaire (1759).

Harold et Maude

Acte I

Scène 1

La maison d'Harold

Nous entendons le début de La Symphonie pathétique *de Tchaïkovski*[1]. *Puis le rideau se lève. Nous sommes chez Harold. Les Chasen appartiennent à la haute bourgeoisie américaine. Le salon bien meublé, dénote*[2] *une aisance certaine. Un jeune homme de dix-huit ans, Harold Chasen, très correctement habillé, est pendu au lustre. Il ne bouge pas. On le dirait mort. La musique continue. Des voix s'approchent et Mme Chasen, la mère d'Harold, ouvre la porte du living-room. C'est une dame élégamment vêtue, très sûre d'elle. Elle parle à Marie, la nouvelle femme de chambre, avec des gestes précis.*

MME CHASEN. – Suivez-moi, Marie, vous voyez ! Les alcools sont ici. Les verres, à côté. Ah, la glace. Vous l'apporterez de la cuisine, bien entendu. Si vous avez un problème quelconque, n'hésitez pas à me demander. *(Elles ne voient pas Harold, qui est pendu derrière elles.)* Finalement, nous mangerons les hors-d'œuvre ici. La cuisinière a préparé des pâtés de crevettes. Absolument délicieux quand c'est chaud. Cette musique

1. ***Piotr*** ou ***Petr Ilitch Tchaïkovski*** (1840-1893) : compositeur et musicien russe du XIXe siècle, dont les opéras, concertos ou symphonies – parmi lesquelles la ***Sixième Symphonie***, dite « pathétique » – traduisent la sensibilité de l'homme qu'il fut, rongé par la tristesse et l'angoisse.
2. ***Dénote*** : indique, traduit.

m'agace. *(Elle se dirige vers le tourne-disque pour l'arrêter.)* Vous pourriez les apporter sur la table roulante, avec le chauffe-plat. Qu'en dites-vous, Marie ? *(Marie se retourne pour répondre. Elle voit Harold pendu et hurle. Mme Chasen arrête la musique et jette un regard à la femme de chambre.)* Pardon ? *(Marie tend une main vers Harold et garde l'autre sur sa bouche. Mme Chasen regarde dans la direction que Marie lui indique et voit le corps de son fils pendu. Exaspérée[1], elle respire profondément.)* Harold, vraiment… En présence de la nouvelle femme de chambre… *(Elle se tourne vers Marie, qui est très pâle.)* Je suis confuse. Harold n'a aucun savoir-vivre. *(Elle voit la pendule.)* Mon Dieu ! Il ne peut pas être aussi tard que ça. Le docteur sera là d'une minute à l'autre ! Bon, je vous ai dit pour le bar, les hors-d'œuvre. Pour le dîner, rien de spécial. Est-ce que j'ai oublié quelque chose ?

Marie regarde le corps pendu. Elle ne comprend pas l'attitude indifférente de Mme Chasen. Elle essaye de parler.

MARIE. – Eh… Eh…

MME CHASEN. – Oui ? Quoi donc ? *(Elle regarde Harold et secoue la tête.)* Ah, oui. Ça c'est tout à fait lui. J'ai mille et un problèmes à résoudre et il ne s'est même pas changé pour le dîner ! *(Elle va se placer sous le lustre.)* Harold ! *(Pas de réponse.)* Harold, c'est ta mère qui te parle ! *(Harold bouge la tête et ouvre les yeux. Il regarde sa mère, au-dessous de lui.)* Je te prie de descendre immédiatement. *(Harold réfléchit un instant, puis il se décide à tirer sur un fil accroché à la corde. Dans un grand bruit de poulies[2] qui grincent, il descend lentement vers le sol. Sa mère suit la descente.)* Combien de fois t'ai-je dit de ne pas mettre de chaussettes vertes avec des mocassins noirs ? Quelquefois, j'ai l'impression de parler dans le désert. Est-ce que tu te rends compte de l'heure qu'il est ? *(Harold ôte le nœud coulant de sa nuque. La*

1. ***Exaspérée*** : très irritée.

2. ***Poulies*** : petites roues qui, accompagnées de courroies, permettent de soulever un poids.

sonnette de ta porte retentit.) Voici le docteur Mathews et tu n'as même pas de cravate. *(Marie, stupéfaite, n'a pas bougé depuis qu'elle a vu Harold. Mme Chasen se rappelle à son attention.)* Eh bien, Marie, qu'y a-t-il ? Vous êtes toute blanche.

MARIE. – …

De nouveau la sonnette.

MME CHASEN. – C'est la sonnette.

MARIE. – …

MME CHASEN. – Eh bien ! dépêchez-vous. Allez ouvrir !

MARIE. – Excusez-moi, madame.

Elle sort.

MME CHASEN. – Maintenant, Harold, écoute-moi bien. C'est moi qui ai demandé au docteur Mathews de venir dîner. C'est un homme éminent[1], débordé de travail. Il nous fait une grande faveur en acceptant. Profites-en. Essaye de lui parler. Il peut te rendre de grands services. Avec moi, il a fait des prodiges[2]. *(Marie introduit le docteur Mathews, un homme de haute taille, aux cheveux argentés, avec quelque chose d'onctueux dans son allure[3]. Mme Chasen accueille le docteur.)* Je suis ravie de vous voir, docteur. Comment allez-vous ?

LE DOCTEUR. – Très bien, je vous remercie. Et vous, chère amie ?

MME CHASEN. – Toujours à merveille. Docteur, voici mon fils Harold. Harold, le docteur Mathews.

LE DOCTEUR. – Bonsoir. J'ai beaucoup entendu parler de vous.

Harold murmure un timide « bonsoir » et serre la main du docteur. Un court silence, pendant que le docteur regarde le nœud coulant et le harnais[4] que porte Harold. Mme Chasen brise le silence.

MME CHASEN. – Eh bien, Harold, tu devrais remonter dans ta chambre avec… tes petites affaires et t'habiller pour le dîner.

1. ***Éminent*** : important, remarquable.
2. ***Prodiges*** : merveilles, miracles.
3. Cette didascalie souligne la douceur un peu hypocrite du docteur.
4. ***Harnais*** : système de sangles destiné à soutenir Harold pendu.

Nous t'attendrons ici. Dépêche-toi. *(Harold ramasse une feuille pliée sur la table et sort. Mme Chasen et le docteur prennent place sur le canapé.)* Je vous en prie, docteur, asseyez-vous. Je suis si heureuse que vous ayez pu venir. Vous voulez boire quelque chose ? Un whisky ?

LE DOCTEUR. – Parfait.

MME CHASEN. – Le whisky, je vous prie, Marie, et un verre de vin blanc pour moi. *(Marie sort.)* Je me demande parfois si je suis assez forte pour élever mon fils toute seule. Vous savez les difficultés que j'ai eues depuis la mort de Charles : propulsée à la tête de ses affaires, l'usine, la maison... plus mes obligations mondaines[1]... plus mes œuvres[2]... Cela n'a pas été gai tous les jours.

LE DOCTEUR. – Certes.

MME CHASEN. – Encore que du vivant de Charles, cela n'ait pas été non plus de tout repos. Il pouvait être pire que son fils ! Le jour même de notre mariage, je l'attendais depuis une demi-heure sur mon prie-Dieu[3], l'église était bondée, et savez-vous où il était ? Chez lui, dans sa baignoire, fasciné par le mécanisme d'un petit canard qui faisait coin-coin ! Oh non, docteur, ce ne fut pas toujours gai. *(Marie entre, dépose les verres et ressort.)* Merci, Marie. Bref, le passé est le passé. Ce qui m'inquiète à présent, c'est Harold. J'espère beaucoup que vous pourrez l'aider. Moi, j'ai de moins en moins de contact avec lui. Il n'a jamais été très bavard, notez bien. Intelligent, oui. Et très inventif. Vous devriez jeter un coup

---

1. ***Mondaines*** : liées à la haute société à laquelle Mme Chasen appartient. Les obligations ou devoirs qu'elle doit remplir consistent à organiser ou honorer par sa présence des réunions, des soirées, des événements rassemblant la haute société.

2. ***Œuvres*** : actions charitables que Mme Chasen mène auprès des plus pauvres.

3. ***Prie-Dieu*** : siège bas, dont le dossier se termine par un accoudoir et sur lequel on s'agenouille pour prier.

d'œil à sa chambre. Mais bavard, non. D'ailleurs, vous avez dû le remarquer.

LE DOCTEUR. – Il avait l'air assez…

MME CHASEN. – J'ai fait tout ce que j'ai pu pour lui enseigner les bonnes manières. À onze ans, je l'ai envoyé dans un cours de danse. Résultat : zéro – dans les soirées, il erre de salon en salon et il finit par s'asseoir dans un coin. C'est agréable, vous ne trouvez pas ? Surtout quand c'est lui le maître de maison.

Marie entre avec la table roulante et l'approche du canapé.

LE DOCTEUR. – Peut-être pourrais-je le prendre à part après le dîner, et lui donner rendez-vous à mon bureau ?

MME CHASEN. – Ce serait un immense soulagement. Vous savez, docteur – c'est difficile à dire pour une mère – mais parfois je le regarde et je me dis qu'il a perdu la tête.

Marie soulève le couvercle du chauffe-plat mais à la place des pâtés de crevettes il y a là, entourée de sang et de persil, pareille à celle de saint Jean-Baptiste[1]*, la tête d'Harold. Marie laisse tomber le couvercle et hurle. Le docteur et Mme Chasen regardent le plat. À ce moment, un Harold sans tête entre dans la pièce. Le docteur et Mme Chasen paraissent plus embarrassés qu'horrifiés. Marie, elle, les yeux révulsés*[2]*, le souffle coupé, tombe inanimée sur le sol.*

1. ***Saint Jean-Baptiste*** : prophète juif, précurseur du christianisme. Les Évangiles racontent qu'il baptisa Jésus. Arrêté, il fut décapité en 28 (apr. J.-C.). Salomé, la nièce d'Hérode Antipas, gouverneur de Galilée, avait demandé sa tête : elle la reçut sur un plat en argent.

2. ***Révulsés*** : tournés de telle sorte qu'on n'en voit presque plus la pupille. C'est le signe de la terreur qu'éprouve Marie.

Scène 2

LE BUREAU DU PSYCHIATRE

La lumière s'allume immédiatement dans le bureau du docteur. Harold est allongé sur un sofa[1]*. Le docteur est assis derrière lui.*

LE DOCTEUR. – Combien de ces… suicides avez-vous mis à exécution ?

HAROLD *(après une longue réflexion)*. – Exactement, je ne pourrais pas dire.

LE DOCTEUR. – Et pourquoi ?

HAROLD. – Est-ce que je dois compter le premier, qui n'était pas vraiment préparé ? Et le jour où le four a explosé avant que ma mère ne revienne de son cocktail ? Et ceux qui sont restés à l'état de projets, ceux que j'ai abandonnés, les simples mutilations, les…

LE DOCTEUR *(le coupant)*. – Approximativement.

HAROLD. – Je dirais une quinzaine.

LE DOCTEUR. – Une quinzaine.

HAROLD. – Approximativement.

LE DOCTEUR. – Et tous furent exécutés au bénéfice de votre mère ?

HAROLD *(après un temps)*. – Je ne dirais pas « bénéfice ».

LE DOCTEUR. – Certes. Mais ils étaient destinés à provoquer une certaine réaction chez votre mère, n'est-ce pas ? Elle m'a dit, par exemple, que le jour où vous vous êtes fait sauter la tête avec un fusil, elle a eu une crise de nerfs.

HAROLD. – Oui, celui-là avait bien marché. Ce n'est pas toujours commode. Parfois, le sang gicle avant que le ressort ait fonctionné.

LE DOCTEUR. – Mais la réaction de votre mère vous a paru satisfaisante ?

1. ***Sofa*** : canapé, divan.

HAROLD. – Assez, oui. Mais le fusil, c'était au début. C'était beaucoup plus facile à ce moment-là.

LE DOCTEUR. – Vous voulez dire que votre mère s'est habituée ?

HAROLD. – Oui. Il devient de plus en plus difficile d'obtenir une réaction.

LE DOCTEUR. – Dans le cas de la pendaison, par exemple ?

HAROLD. – Franchement, ça n'a pas été un succès. *(Désenchanté[1].)* J'ai travaillé trois jours sur ce mécanisme. Je crois qu'elle n'a même pas vu mon petit mot.

LE DOCTEUR. – Que disait-il ?

HAROLD. – Celui-ci disait : « Adieu monde cruel. » Je les fais de plus en plus courts.

LE DOCTEUR. – Parlons un peu de votre mère... Que pensez-vous d'elle ?

Les lumières s'allument immédiatement sur Mme Chasen. Elle est en train de se faire masser, tandis qu'elle parle au téléphone.

MME CHASEN *(au téléphone)*[2]. – Non, non, Betty ! Lydia Ferguson, je vous l'ai envoyée pour un rinçage bleu... c'est ça. J'ai donc invité sa fille, Alice, à venir à la maison pour rencontrer Harold... oui, petite, grassouillette, tout le portrait de sa mère, quoi ! Bon. Nous descendons vers le tennis, et qu'est-ce que nous voyons ? Au beau milieu de la piscine, le cadavre d'Harold, couvert de sang, flottant sur le ventre, avec un poignard planté entre les deux épaules... Si... une horreur ! Évidemment, la pauvre s'est sauvée en hurlant... Les Ferguson ? Ils ne m'adresseront plus jamais la parole... Je ne sais vraiment pas quoi faire avec cet enfant, Betty... Le docteur Mathews ? Aucun résultat... Non, ce qu'il lui faudrait, c'est

---

1. ***Désenchanté*** : ici, déçu, désappointé, las.

2. Mme Chasen est en pleine conversation téléphonique avec Betty, qui tient un salon de coiffure. Elle évoque Lydia Ferguson et sa fille Alice qu'elle a fait rencontrer à Harold. Il est aussi question de Mario, qui fait habituellement la mise en plis (ou *brushing*) de Mme Chasen.

un centre d'intérêt, des responsabilités, le mariage, au fond, mais comment faire ?... Qu'est-ce que vous dites, Betty ? Une agence matrimoniale par ordinateur ? L'agence Matrimo-Flash ? Mais c'est une idée extraordinaire !... Avec une garantie de trois rendez-vous ? Sur les trois, il y en aura bien un qui fera l'affaire, je les appelle immédiatement... Quoi ? Mario ? Ah ! non, tant pis, annulez mon rendez-vous. Mon fils a besoin de sa mère, Betty, ma mise en plis attendra.

Les lumières s'éteignent sur elle et se rallument dans le bureau du psychiatre. Harold et le psychiatre n'ont pas bougé.

LE DOCTEUR. – J'aimerais remonter un peu dans votre passé. Vous vous souvenez de votre père ?

HAROLD. – Non. Pas vraiment. *(Un temps.)* J'ai des photos de lui.

LE DOCTEUR. – Oui ?

HAROLD. – Il est toujours souriant sur les photos.

LE DOCTEUR. – Je suppose que vous auriez aimé le connaître.

HAROLD. – J'aurais aimé lui parler.

LE DOCTEUR. – Lui parler de quoi ?

HAROLD. – De choses et d'autres. Ma mère dit qu'il était très bricoleur. Je lui aurai montré tout le matériel dans ma chambre.

LE DOCTEUR. – Quel matériel ?

HAROLD. – Mes poignards, mon squelette, ma chaise électrique. Je crois qu'il aurait aimé ça.

LE DOCTEUR. – C'est bien possible. Dites-moi, Harold, que pensez-vous des jeunes filles ?

HAROLD. – Je les aime bien.

LE DOCTEUR. – Vous avez des petites amies ?

HAROLD. – Non, pas vraiment.

LE DOCTEUR. – Et pourquoi ?

HAROLD. – Je ne suis pas sûr de leur plaire.

LE DOCTEUR. – Pourquoi cela ?

HAROLD. – Au cours de danse, je leur marchais toujours sur les pieds.

Le docteur prend quelques notes et change de sujet.

LE DOCTEUR. – Parlons un peu de vos années d'internat[1]. Vous étiez heureux ?

HAROLD. – Oui.

LE DOCTEUR. – Vous aimiez vos études ?

HAROLD. – Oui.

LE DOCTEUR. – Vos professeurs ?

HAROLD. – Oui.

LE DOCTEUR. – Vos camarades ?

HAROLD. – Oui.

LE DOCTEUR. – Alors, pourquoi êtes-vous parti ?

HAROLD. – J'ai fait sauter la salle de chimie. Et après cela, ils m'ont conseillé de passer mes examens par correspondance.

LE DOCTEUR. – Bon. Mais à part cela, que faites-vous pour vous distraire ?

HAROLD. – Vous voulez dire, quand je ne suis pas dans ma chambre en train de préparer…

LE DOCTEUR. – Oui ! Pour vous détendre.

HAROLD. – Je vais aux enterrements.

---

1. ***Internat*** : école où vivent des internes, pensionnat.

Scène 3

DANS UNE ÉGLISE

À l'orgue, une douce musique des morts. Harold traverse la nef[1]*, où se trouve le cercueil, et le regarde. Puis il s'assied sur un des bancs. Il attend. Ses yeux se posent sur un panier, près de lui sur le banc, et il en cherche le propriétaire. Soudain il entend quelque chose qui bouge sous un siège, derrière lui. Il se retourne. Maude, une charmante vieille dame, jaillit et lui sourit.*

MAUDE. – Excusez-moi. Est-ce que vous voyez des pistaches ?

HAROLD. – Pardon ?

MAUDE. – Des pistaches. *(Elle se lève et regarde autour de ses pieds.)* Non. Je dois les avoir toutes ramassées. *(Lui offrant le sac.)* Vous en voulez ?

HAROLD. – Non, merci.

MAUDE. – C'est très nourrissant.

HAROLD. – Merci. Sans façon.

MAUDE. – Un peu plus tard, peut-être ?... Ah ! J'en vois une autre. *(Elle la ramasse et s'approche du banc d'Harold.)* J'espère que c'est bien tout. Je tire le sac du panier et plouf ! Toutes par terre. Je deviens un peu malhabile. *(Elle s'assied près d'Harold et du panier. Il paraît un peu nerveux, mais elle lui sourit très chaleureusement en croquant ses pistaches.)* Vous le connaissiez ?

HAROLD. – Qui ?

MAUDE *(montrant le cercueil)*. – Le défunt.

HAROLD. – Non.

MAUDE. – Moi non plus. J'ai entendu dire qu'il avait quatre-vingts ans. Bel âge pour s'en aller, qu'en pensez-vous ?

HAROLD. – Je ne sais pas.

---

1. ***Nef*** : partie de l'église où se tiennent les fidèles, comprise entre le portail et le chœur.

© Bernand CDDS Enguerand

■ Maude (Madeleine Renaud) et Harold (Daniel Rivière) à l'église, dans la mise en scène de Jean-Louis Barrault au théatre Récamier, à Paris (1973).

MAUDE. – À soixante-quinze, c'est trop tôt. À quatre-vint-cinq, on n'avance plus. Autant se trouver déjà sur l'autre rive[1]. Voulez-vous une orange ?

HAROLD. – Non, merci.

MAUDE. – Vous ne mangez pas beaucoup. Je me trompe ?

HAROLD. – C'est... pour ne pas gâter mon déjeuner. En fait, je...

Il regarde sa montre.

MAUDE. – Vous allez souvent aux enterrements ?

HAROLD. – Oh...

MAUDE. – Moi aussi. Je m'y amuse. Tout s'ouvre et tout se ferme. La naissance, la mort... La fin est au début, le début à la fin. Un grand cercle qui tourne... Vous vous appelez comment ?

HAROLD. – Harold Chasen.

MAUDE. – Je suis la comtesse Mathilde Chardin, mais vous pouvez m'appeler Maude.

HAROLD. – Enchanté. Maintenant, il faut que je m'en aille.

Il regarde de nouveau sa montre.

MAUDE. – Regardez un peu autour de vous : n'est-ce pas une chose incroyable ? Tout est noir, les statues sont lugubres et... *(montrant du doigt)* ces crucifix macabres... Pourquoi s'arrêter à la mort ? On dirait que personne n'a lu l'histoire jusqu'au bout.

Un petit prêtre timide, qui se dirige vers l'autel, voit Maude en train de manger et se précipite vers elle. Il s'appelle Finnegan.

LE PRÊTRE. – Mais madame, que faites-vous ?

MAUDE. – Bonjour, mon Révérend. Nous attendons la cérémonie. C'est vous qui présidez ?

LE PRÊTRE. – Oui, madame, j'officie[2]. Mais vous ne pouvez pas manger ici... Ce n'est pas permis.

MAUDE. – Bêtises. Ne sommes-nous pas dans la maison de Dieu ?

---

1. ***Autre rive*** : euphémisme qui désigne la mort.

2. ***Officie*** : célèbre une cérémonie sacrée, également appelée office – ici, un enterrement (du verbe « officier »).

LE PRÊTRE. – Si.

MAUDE. – Désire-t-il autre chose que notre bonheur ?

LE PRÊTRE. – Non.

MAUDE. – Dans ce cas, où est le problème ?

LE PRÊTRE. – Mais madame, c'est un enterrement.

MAUDE. – Nous en parlions justement, Harold et moi. À votre avis, d'où vient cette manie du noir ? Personne n'envoie de fleurs noires, n'est-ce pas ? Les fleurs noires sont des fleurs mortes. Qui enverrait des fleurs mortes à un enterrement ? *(Elle rit.)* Purement absurde.

HAROLD. – Il faut que je m'en aille.

MAUDE. – Vous allez déjeuner ?

HAROLD. – Oui.

MAUDE. – Eh bien, bon appétit, Harold. J'espère vous revoir bientôt.

Harold hoche la tête et s'éloigne. Les lumières commencent à baisser.

LE PRÊTRE. – J'aimerais vous dire un petit mot, madame, au sujet de…

MAUDE. – Tant mieux. Je serais contente de bavarder avec vous. Il y a plusieurs choses dont j'aimerais vous parler. Par exemple, ces statues. Regardez, elles sont sinistres… pas un sourire. C'est idiot. Je veux dire : les saints devraient être heureux, vous ne trouvez pas ? Un saint malheureux, c'est inimaginable.

LE PRÊTRE. – Je vois ce que vous voulez dire, madame…

MAUDE. – Maude.

LE PRÊTRE. – Mais pour ces pistaches…

MAUDE. – Oh ! Je suis désolée. Je crois que je n'en ai plus. Vous voulez une orange ?

LE PRÊTRE. – Non, merci. J'ai un office dans cinq minutes et…

MAUDE. – Oh ! Alors nous avons tout le temps. Venez avec moi. Il y a longtemps que je voulais vous demander : pourquoi mettez-vous un cadenas au tronc des pauvres[1] ?

---

1. ***Tronc des pauvres*** : boîte percée d'une fente où l'on dépose des aumônes pour les pauvres, dans les églises.

LE PRÊTRE. – Nous avons toujours mis un cadenas au tronc des pauvres.

MAUDE *(lui tendant un cadenas, pris dans son panier)*. – Plus maintenant !

Elle s'éloigne, laissant le prêtre interdit[1] *devant le cadenas qu'il tient dans sa main.*

Noir.

Scène 4

LA MAISON D'HAROLD

Mme Chasen entre dans le living-room en portant une liasse de papiers. Elle aperçoit Harold près de la porte et lui fait signe d'approcher.

MME CHASEN. – Harold, j'ai ici le formulaire que m'a envoyé le Centre régional de l'agence Matrimo-Flash. Voici peut-être le moyen rêvé pour te trouver une épouse.

HAROLD. – Une épouse ?

MME CHASEN. – Oui, mon chéri. Il est grand temps que tu te maries.

HAROLD. – Mais...

MME CHASEN. – Harold, je t'en supplie. Nous avons un énorme travail devant nous, et je dois être chez le coiffeur à trois heures.

Elle s'assied à sa table.

HAROLD. – Je n'ai aucune envie de me marier.

MME CHASEN *(indulgente*[2]*)*. – Tout le monde un jour ou l'autre a pensé comme toi. Mais il faut regarder les choses en face.

1. ***Interdit*** : étonné, stupéfait.
2. ***Indulgente*** : compréhensive, bienveillante.

Cela s'appelle devenir grand. *(Elle feuillette le dossier.)* Pour le premier versement, le C.R.M.F.[1] t'offre trois rendez-vous. Les laides, les grosses sont éliminées. Tu vois, ce sont des gens sérieux. Je suis sûre qu'ils vont trouver une jeune fille qui te convienne. Assieds-toi, mon chéri. *(Harold renonce à protester et s'assied. Mme Chasen saisit la première fiche du questionnaire.)* Voici le test de personnalité que tu dois remplir et renvoyer. Cinquante questions. Cinq réponses possibles : Oui absolument. Oui. Peut-être. Non. Non absolument. Tu es prêt, Harold ? *(Harold regarde sa mère avec des yeux tristes. Mme Chasen prend ce regard pour une réponse affirmative.)* Première question : vous lavez-vous très fréquemment les mains ? Très fréquemment ? Non. On pourrait même répondre ; non absolument. Tu ne trouves pas, Harold ? *(Elle marque les réponses sur le papier pendant toute la scène.)* Deuxième question : l'éducation sexuelle devrait-elle être donnée en dehors de la maison ? Non, bien sûr, tu es d'accord ? Trois : aimez-vous particulièrement la solitude ? La recherchez-vous ? Ça, c'est très facile. Oui absolument. *(Harold sort de sa veste un bâton de dynamite.)* Invitez-vous souvent des amis chez vous ? Non, tu n'en invites jamais. Avez-vous souvent l'impression que la vie ne vaut pas la peine d'être vécue ? *(Harold sort deux autres bâtons de dynamite, tandis que Mme Chasen réfléchit, puis lève les yeux.)* Voyons. Que dirais-tu, Harold ? Oui ou non ? *(Il dissimule rapidement les bâtons de dynamite entre ses jambes, puis il va dire quelque chose, mais elle le coupe.)* Répondons : peut-être. Septième question : préférez-vous le lever ou le coucher du soleil ? La question est mal posée. *(Harold sort des allumettes et un rouleau de scotch.)* Le sexe est-il un sujet trop exploité par nos mass media[2] ? Sans aucun doute, oui, absolument. *(Puis il*

1. ***C.R.M.F.*** : abréviation pour Centre régional de Matrimo-Flash.
2. ***Les mass media*** : expression issue de l'anglais américain, qui désigne les moyens de communication et d'information ; on utilise aujourd'hui le terme « médias ».

tire un long morceau de scotch qu'il enroule autour des trois bâtons de dynamite.) Avez-vous parfois mal à la tête ou mal au dos après une journée difficile ? Oui, ça m'arrive. Vous endormez-vous facilement ? Oui, plutôt. Êtes-vous pour la peine de mort ? Pour, absolument pour. *(Il allume les mèches.)* À votre avis, la vie mondaine est-elle en général une perte de temps ? Grands dieux, non ! Pourquoi ? *(Harold se lève, se tourne vers sa mère, hésitant, puis se dirige vers une armoire.)* Avez-vous déjà traversé la rue pour éviter de rencontrer quelqu'un ? Je suis sûre que tu l'as fait, non ? Sûre et certaine. Avez-vous eu une enfance heureuse ? Oh ! oui, tu étais un adorable bébé. Quatorzième question : votre attitude métaphysique[1] admet-elle une vie après la mort ? *(Il entre dans l'armoire.)* Je pense bien. Oui, absolument. Pensez-vous que la révolution sexuelle[2]... *(À ce moment, l'armoire explose, envoyant des nuages de fumée dans la pièce. La porte est arrachée de ses gonds[3].)* Harold, la question : pensez-vous que la révolution sexuelle est allée trop loin ?...

Noir.

1. ***Attitude métaphysique*** : ici, croyance. La métaphysique est une partie de la philosophie qui a pour objet la connaissance de l'être et des causes de l'univers ; le terme évoque aussi une réflexion générale très abstraite.
2. ***Révolution sexuelle*** : mouvement qui, en Occident, à la fin des années 1960 et au début des années 1970, réclame un changement des mœurs et des comportements sexuels ; il est essentiellement marqué par l'émancipation sexuelle des femmes et l'affirmation de l'égalité des sexes.
3. ***Gonds*** : charnières.

Scène 5

Un grand cimetière

Un cimetière ensoleillé. On entend sonner les cloches et chanter les oiseaux. Sur un côté, trois ou quatre personnes, vêtues de sombre, assistent à un enterrement que nous ne voyons pas. Harold se tient un peu à l'écart, tournant le dos au public. Il écoute, comme les autres, un prêtre qui lit les prières des morts et à sa voix hésitante nous reconnaissons le père Finnegan. Quelques instants plus tard, Maude entre, portant une pelle. Elle cherche autour d'elle un instant, trouve la place exacte, plante la pelle en terre et sort. Les prières s'achèvent et les assistants se déplacent. Harold s'apprête à les suivre quand Maude rentre, poussant une brouette qui charrie[1] un petit arbre. Elle s'arrête et cherche quelqu'un qui puisse l'aider.

MAUDE. – Excusez-moi, mais… Harold ! Quelle joie de vous revoir ! Comment ça va ?

HAROLD *(qui ne veut vraiment pas parler)*. – Très bien, j'allais justement me…

Il montre la sortie.

MAUDE. – C'est l'enterrement de qui ?

HAROLD. – Je ne sais pas.

MAUDE. – Je l'ai manqué. C'est dommage. *(Regardant.)* N'est-ce pas le très charmant père Finnegan à qui nous parlions hier ?

HAROLD. – C'est lui, oui.

MAUDE. – Il faut que j'aille lui dire bonjour. Mais d'abord, Harold, j'ai besoin de vous. Pourriez-vous venir un instant par ici ?

Ils se rapprochent de la brouette.

HAROLD. – Que faites-vous ?

MAUDE. – Je voudrais planter cet arbre.

HAROLD. – Ici ?

---

1. ***Charrie*** : transporte (du verbe « charrier »).

MAUDE. – Je l'ai vu ce matin en passant près du commissariat, coincé dans un pot de ciment, asphyxié par les gaz. Tout seul. J'ai décidé de le secourir et de lui trouver un endroit vivable.

HAROLD. – Vous l'avez pris comme ça ?

MAUDE. – Oui.

HAROLD. – Mais c'est un lieu public !

MAUDE. – Justement. Regardez ces pauvres feuilles. Elles jaunissent déjà. Les gens peuvent vivre au milieu des gaz, mais les arbres, ça leur donne de l'asthme. Attrapez-le, je tiens la brouette.

HAROLD. – Quelqu'un vous a vue ?

MAUDE. – Aucune idée. D'ailleurs, je ne l'ai pas fait pour qu'on me voie. Ni pour qu'on me félicite. Je l'ai fait parce que cela devait être fait, c'est tout. Allez-y. Tenez-le bien droit. Il ne faut pas troubler la circulation de la sève.

Harold soulève l'arbre et le tient dans ses bras. Maude repousse la brouette. Un jardinier entre.

LE JARDINIER. – C'est ma brouette que vous avez là.

MAUDE. – Ah bon ? Eh bien, je vous remercie. Je crois que nous n'en avons plus besoin. Venez, Harold.

LE JARDINIER. – Une minute. Qu'est-ce que vous êtes en train de faire ?

MAUDE. – Je vais d'abord creuser un trou, puis…

LE JARDINIER. – Vous n'avez pas le droit de creuser des trous. C'est un cimetière, ici.

MAUDE. – Rassurez-vous, je ne veux enterrer personne ! Je vais juste planter cet arbre. Expliquez-lui, Harold.

LE JARDINIER. – Une minute. Vous avez une autorisation pour ça ? Vous êtes passée au bureau ?

MAUDE. – Quand aurais-je pu passer au bureau ? J'ai pris ma décision ce matin.

LE JARDINIER. – Madame, vous n'avez pas le droit d'entrer ici et de vous mettre à creuser des trous.

MAUDE. – Je ne creuse pas des trous. Je plante un arbre. Il fera très bien ici, dès qu'il ira mieux. Il vous plaira beaucoup. Vous verrez.

LE JARDINIER. – Faut pas me dire ça à moi.

MAUDE. – À qui alors ? Au père Finnegan, peut-être ? Je suis sûre qu'il comprendra. *(Elle appelle.)* Père Finnegan ! Ho ! Ho ! *(Elle met ses doigts dans sa bouche et pousse un sifflement perçant. Elle sourit, puis agite la main. Apparemment, il la voit mais se détourne.)* Je crois qu'il ne m'a pas reconnue. *(Criant plus fort.)* Père Finnegan ! *(Elle siffle de nouveau.)* Ça y est. Il arrive.

LE PRÊTRE *(qui entre, assez fâché)*. – Madame, il ne faut pas siffler comme ça. Je suis en plein service.

MAUDE. – Mon père, c'est une question de vie ou de mort.

LE PRÊTRE. – Pour qui ?

MAUDE. – Pour ce petit arbre.

LE PRÊTRE *(au jardinier)*. – Mais enfin, qu'est-ce qui se passe ?

LE JARDINIER. – Ils veulent creuser des trous et le chef ne permet pas qu'on creuse des trous ici.

MAUDE. – Il ne permet pas ? Mais pour qui se prend-il ? Pour Dieu le Père ?

LE JARDINIER *(au prêtre)*. – Vous feriez mieux de dire à ces deux-là de tout emporter, sinon il va falloir que je les signale.

MAUDE. – Comment pouvez-vous lui demander ça ? Le père Finnegan est un serviteur de Dieu. Il a consacré sa vie à la charité, à soulager les faibles et les opprimés ! Et vous pensez qu'il va tourner le dos à ce petit arbre ? Répondez-lui, mon père.

LE PRÊTRE *(embarrassé)*. – Eh bien, si…

MAUDE. – C'est impossible ! Tout à fait impossible ! Harold, apportez l'arbre.

LE JARDINIER. – Très bien, madame. Je vous aurais prévenue. Je vais chercher mon chef. La prochaine fois, laissez ma brouette là où elle est.

Il sort, très mécontent, en emportant la brouette. Harold tient toujours l'arbre et voudrait bien s'en aller.

MAUDE. – La prochaine fois ? La prochaine fois, je ne viendrai certainement pas ici ! Ce ne sont pas les endroits qui manquent !

LE PRÊTRE. – Peut-être, en effet, pourriez-vous l'emmener ailleurs. Le fait est, vous n'avez pas l'autorisation de creuser ici, et si le jardinier-chef dit que vous devez partir, personnellement je ne peux rien faire.

MAUDE. – Alors vous êtes contre nous, vous aussi ?

HAROLD *(prenant la parole)*. – En fait, je ne pense pas que…

MAUDE *(le coupant)*. – Mais je ne l'accuse pas ! Loin de là ! *(Au prêtre.)* Je suis sûre que vous avez vos raisons. Je ne vous en veux pas.

Le jardinier entre avec son chef, un homme de haute taille qui ne s'en laisse pas conter[1].

LE JARDINIER-CHEF. – Alors, il paraît qu'il y a quelqu'un qui veut creuser un trou et planter un arbre ?

LE JARDINIER. – C'est elle. Et le garçon.

MAUDE. – Messieurs, épargnez votre salive[2]. Votre attitude m'a fait changer d'avis. Ce n'est pas une atmosphère agréable pour un convalescent[3]. Nous irons le planter ailleurs. Dans une forêt.

HAROLD. – Où ?

MAUDE. – Venez. Nous avons assez discuté. Laissons-les seuls avec leur conscience.

Elle ramasse la pelle et sort. Harold, qui tient toujours l'arbre, ne peut que la suivre. Le jardinier les regarde partir.

LE JARDINIER-CHEF. – Vous aviez raison. Gibbon, ils sont complètement givrés. *(Au prêtre.)* C'est une de vos amies ?

---

1. *Qui ne s'en laisse pas conter* : que l'on ne trompe pas facilement.
2. *Épargnez votre salive* : expression imagée signifiant que toute discussion est inutile.
3. À travers cette personnification, Maude désigne l'arbre flétri.

LE PRÊTRE. – Une simple connaissance. Nous nous sommes rencontrés hier pour la première fois. Elle s'exprime d'une façon... très originale.

LE JARDINIER-CHEF. – Dites-lui plutôt de se tenir au large[1], si toutes ses idées sont du même tonneau[2]. Ce n'est pas pour rien que les lois existent.

LE PRÊTRE. – Je vous comprends. Bon, je dois retourner à...

Il fait demi-tour quand le jardinier, qui regarde au loin, s'écrie en s'adressant au prêtre :

LE JARDINIER. – Dites donc, mon père, c'est pas dans votre voiture qu'ils s'en vont ?

Le prêtre regarde. Surpris, il ouvre la bouche. Nous entendons le bruit d'une voiture qui démarre et s'éloigne sur les chapeaux de roues[3].

LE PRÊTRE. – En effet. C'est dans ma voiture !

Scène 6

LA MAISON DE MAUDE

Maude arrive devant sa maison, suivie par Harold qui porte l'arbre.

MAUDE. – Le Grand Walter, vous savez, Walter-la-serrure, était un être d'exception. Très, très doué. Il profita de son séjour en prison pour étudier le bouddhisme[4] et à sa sortie, il partit pour le Tibet... Déposez l'arbre ici, s'il vous plaît... En partant, il m'a offert son jeu de clés. J'ai dû en ajouter quelques-unes,

---

1. *Se tenir au large* : ne pas s'approcher de quelque chose; se tenir à l'écart.

2. *Du même tonneau* : du même genre (expression imagée).

3. *Sur les chapeaux de roues* : à toute allure.

4. *Bouddhisme* : doctrine religieuse se réclamant de l'enseignement de Bouddha, fondée en Inde et surtout présente en Asie, notamment au Tibet, région autonome de Chine.

pour les nouveaux modèles, mais pas autant qu'on pourrait croire. Quand vous possédez un bon jeu de base, il suffit de quelques variantes.

HAROLD. – Vous pouvez monter dans n'importe quelle voiture et démarrer ?

MAUDE. – Pas n'importe quelle voiture. Je choisis. J'ai horreur des housses en plastique. Voilà, ici c'est parfait. *(Harold pose l'arbre.)* Nous irons le planter dans la forêt. Demain matin, de bonne heure.

HAROLD. – Vous savez, je ne crois pas pouvoir…

MAUDE *(riant)*. – Rassurez-vous, nous n'irons pas à pied. Il nous faudra trouver un camion.

HAROLD. – Vous allez prendre un camion ?

MAUDE. – Bien sûr.

HAROLD *(avec un geste vers l'extérieur)*. – Mais… Vous avez déjà la voiture du prêtre, maintenant vous voulez un camion… Que vont dire les propriétaires ?

MAUDE. – Quels propriétaires ? N'est-ce pas un peu absurde la notion de propriété ?

HAROLD. – Vous créez des ennuis aux gens, je ne suis pas sûr que vous ayez raison.

MAUDE. – Mon petit Harold, si certaines personnes ont des ennuis parce qu'elles pensent avoir des droits sur quelque chose, je ne fais que leur rafraîchir gentiment la mémoire. Vous êtes ici aujourd'hui, vous n'y serez plus demain. Ne vous attachez à rien. Forte de cette pensée, je me permets de collectionner un tas de choses. Entrez. Vous allez voir. *(Maude ouvre la porte et ils entrent dans son living-room, qui est rempli d'objets très disparates[1] : un tapis persan, un bouddha en ivoire, des paravents japonais, des tableaux immenses, une grande sculpture en bois. Un phoque vivant est assis sur le piano. Harold est très étonné.)* Ce sont des riens, des

1. ***Disparates*** : variés, hétéroclites.

memorabilia[1]. Absolument indispensables, mais parfaitement inutiles. Vous voyez ce que je veux dire.

HAROLD. – Très impressionnant.

MAUDE *(montrant du doigt).* – Regardez. *(Harold suit son geste et voit le phoque, assis près de la fenêtre. Maude se dirige dans cette direction, ignore le phoque et passe sa tête par la fenêtre.)* Les oiseaux ! Ils attendent leur repas ! *(Elle prend quelques graines et les lance à l'aide d'une fronde*[2]*.)* La seule vie sauvage qu'on puisse encore voir. Libre comme un oiseau. *(Elle se retourne vers Harold.)* Autrefois, j'entrais dans les boutiques et je libérais les canaris. Mais j'y ai renoncé. C'était trop d'avant-garde[3]. *(Elle caresse distraitement la tête du phoque.)* Les zoos sont pleins, les prisons débordent. Ah ! comme le monde aime les cages.

Le phoque aboie.

HAROLD. – Mais c'est un phoque !

MAUDE. – Oui. C'est M. Murgatroyd. Nous passons quelques jours ensemble. Dites bonjour à Harold, mon cher. *(Le phoque donne de la voix.)* Pardon ? Vous désirez un bain ? Mais vous vous êtes baigné ce matin ! Ah, un autre bain. Très bien. Excusez-moi, Harold, ce ne sera pas long. Suis-moi Mugsie[4]. *(Elle emmène le phoque dans une autre pièce. Harold les suit du regard et examine le fatras*[5]*, autour de lui, qui le fascine. Off*[6] *:)* Que pensez-vous de ma nouvelle sculpture ?

HAROLD. – Elle est bien.

---

1. ***Memorabilia*** : souvenirs.
2. ***Fronde*** : sorte de lance-pierre.
3. ***D'avant-garde*** : précurseur, innovant.
4. Surnom affectueux que Maude donne au phoque, autrement nommé M. Murgatroyd.
5. ***Fatras*** : fouillis, bric-à-brac, bazar.
6. ***Off*** : de l'anglais *off screen*, « hors de l'écran » ; cette précision de la didascalie signifie que Maude n'est plus sur scène mais que l'on entend sa voix (avec le phoque, elle est hors champ, c'est-à-dire dans une autre pièce).

MAUDE *(off)*. – Non. Ne répondez pas tout de suite. Prenez le temps de toucher le bois. Explorez-le longuement. Il vous répondra.

HAROLD. – Ah oui ?

On entend Maude qui chantonne. Harold laisse glisser sa main sur le bois arrondi et poli. Il commence à l'apprécier quand Maude rentre.

MAUDE. – Oui, c'est ça. Qu'en dites-vous ?

HAROLD. – C'est curieux.

MAUDE. – Je l'ai finie le mois dernier. C'était ma période tactile[1].

HAROLD. – Les tableaux sont aussi de vous ?

MAUDE. – Voyons un peu. Celui-ci est de moi. Il s'appelle « Arc-en-Ciel avec un œuf au-dessous et un éléphant ». Mais c'est un de mes amis qui a peint le nu. J'ai posé pour lui. Il m'a fait cadeau du tableau. Qu'en pensez-vous ?

HAROLD. – C'est vous qui avez posé ?

MAUDE. – Pourquoi ? Vous ne l'aimez pas ?

HAROLD. – Si, si.

MAUDE. – Mais vous n'approuvez pas ?

HAROLD. – C'est-à-dire…

MAUDE. – Vous pensez que c'est mal ?

HAROLD *(après réflexion)*. – Non.

MAUDE. – Je suis contente de votre réponse. Je suis sûre que nous allons devenir d'excellents amis. Venez, je vais vous montrer mes odorifiques[2].

Elle le conduit jusqu'à une espèce de machine qui ressemble à une boîte, peinte de vives couleurs, couverte de lumières et de boutons, avec une étrange petite pompe sur le côté.

HAROLD. – Qu'est-ce que c'est ?

---

1. ***Tactile*** : qui concerne le toucher ; la sculpture de Maude traduit ses recherches sur le sens du toucher.

2. ***Odorifiques*** : néologisme par lequel Maude désigne ses inventions capables de restituer certaines odeurs.

MAUDE. – Un petit truc dont j'ai entendu parler. Disons, une réaction à l'indifférence avec laquelle l'art traite le nez. Réfléchissez un peu : il y a la peinture pour les yeux, la musique pour les oreilles, la gastronomie pour la langue et rien pour le nez. Alors, j'ai voulu réagir. M'offrir une petite orgie d'odeurs. *(Elle regarde à travers quelques cylindres de métal.)* J'ai commencé par le plus facile, roastbeef[1], vieux livres, herbe coupée. Petit à petit, j'en suis venue à une «soirée chez Maxim's[2]», «une cour de ferme au Mexique»... En voici un que vous aimerez. *(Elle le prend.)* «Noël à New York». *(Elle place le cylindre dans la machine, pompe un peu et tend un tuyau qui se termine par un masque. Harold le prend et le pose sur son nez.)* Prenez-le comme cela. Et respirez très fort. *(Il hoche la tête. Elle appuie sur un bouton.)* Dites-moi ce que vous sentez.

Harold respire profondément et sourit, surpris.

HAROLD. – Le métro.

MAUDE. – Et encore ?

HAROLD *(respirant encore)*. – Un parfum... des cigarettes... des châtaignes rôties... la neige !

Maude rit et arrête la machine.

MAUDE. – On peut faire des combinaisons incroyables. C'est tout à fait divertissant.

HAROLD. – Je pourrais en faire ?

MAUDE. – Bien sûr. Rien de plus facile.

HAROLD. – Je me débrouille assez bien avec les machines... Si on me donne les éléments de base, je...

MAUDE. – Vous vous y ferez très vite. Bon. Je mets l'eau à chauffer. Nous allons boire un bon petit thé.

HAROLD. – Merci. Mais je ne peux vraiment pas rester. J'ai un rendez-vous.

MAUDE. – Chez le dentiste ?

---

1. ***Roastbeef*** : rôti de bœuf; on parle aujourd'hui de rosbif.
2. ***Maxim's*** : nom d'un célèbre restaurant parisien situé près de la place de la Concorde (VIIIe arrondissement).

© Bernand CDDS Enguerand

■ Harold, chez Maude, expérimente la machine à odorifiques, dans la mise en scène de Jean-Louis Barrault au théatre Récamier, à Paris (1973).

HAROLD. – En quelque sorte. C'est ma mère qui l'a pris pour moi.

MAUDE. – Eh bien, vous reviendrez.

HAROLD. – D'accord.

MAUDE. – Ma porte est toujours ouverte.

HAROLD. – D'accord.

MAUDE. – C'est promis ?

HAROLD *(souriant)*. – C'est promis. *(Il sort, se retourne.)* Bye bye !

Scène 7

LA MAISON D'HAROLD

Mme Chasen attend dans le living-room en arrangeant un vase de jonquilles. Marie introduit la première « fiancée » d'Harold, envoyée par l'ordinateur. Elle s'appelle Sylvie Gazelle. C'est une étudiante blonde, assez jolie, au nez un peu épaté[1]*. Mme Chasen la reçoit et Marie sort.*

MME CHASEN. – Bonjour ! Vous êtes Sylvie Gazelle ?

SYLVIE. – Oui. Bonjour, madame.

MME CHASEN. – Je suis madame Chasen. La mère d'Harold.

SYLVIE. – Enchantée.

MME CHASEN. – Je suis ravie que vous ayez pu venir pour rencontrer mon fils. Justement, je le cherchais. Ce matin, il était dans le jardin.

Elles vont vers la porte-fenêtre et regardent dans le jardin.

SYLVIE. – Vos jonquilles sont ravissantes.

MME CHASEN. – Vous trouvez aussi ? Elles sont toutes fraîches. Je les ai cueillies ce matin. Ah ! Je le vois ! Harold !

HAROLD *(off)*. – Oui ?

---

1. *Épaté* : un peu élargi à la base ; synonyme d'aplati, d'écrasé.

MME CHASEN. – Rentre tout de suite ! La première jeune fille de l'ordinateur est arrivée !

HAROLD *(off)*. – Ah ! Bonjour !

SYLVIE. – Bonjour !

Elle le salue d'un geste de la main.

MME CHASEN. – Nous t'attendons dans le salon.

Elles reviennent vers les chaises.

SYLVIE. – Il a l'air charmant.

MME CHASEN. – Il est charmant. Asseyez-vous, je vous en prie.

SYLVIE. – Merci.

Mme Chasen s'assied le dos tourné à la porte-fenêtre. Sylvie s'assied en face d'elle.

MME CHASEN. – Si j'ai bien compris, vous êtes à l'Université ?

SYLVIE. – Oui, madame.

MME CHASEN. – Sur quoi portent vos études ?

SYLVIE. – Sciences-Po[1]. Cela vous apprend tout ce qui se passe dans le monde. Harold s'intéresse à ce qui se passe dans le monde ?

MME CHASEN. – Je pense bien.

SYLVIE. – Sciences-Po, il n'y a rien au-dessus. Et le soir, je fais un peu de Sciences-Dom.

MME CHASEN. – Sciences-Dom ?

SYLVIE. – Sciences domestiques[2]. Pour être une bonne ménagère.

MME CHASEN *(distraite)*. – C'est un excellent choix.

SYLVIE. – Le seul possible de nos jours.

Derrière Mme Chasen, Sylvie voit soudain Harold qui apparaît. Il installe un grand coffre dans le fond de la pièce.

---

1. ***Sciences-Po*** : abréviation de sciences politiques, matière qui s'intéresse au fonctionnement de l'État, du gouvernement et du pouvoir politique en général.

2. ***Sciences domestiques*** : matière fantaisiste qui n'est enseignée dans aucune université !

MME CHASEN. – Dites-moi : vous êtes une habituée des rencontres par ordinateur ?

SYLVIE. – Moi ? Pas du tout, je n'ai pas besoin de ça. Seulement, voilà : nous sommes tout un groupe de filles et nous avons décidé qu'il fallait essayer ça. Alors, on a tiré à la courte paille et j'ai perdu.

MME CHASEN. – Comment ?

Sylvie rit et ajoute rapidement :

SYLVIE. – Mais j'ai très envie de connaître Harold.

Harold apparaît de nouveau et se glisse dans le coffre. Sylvie regarde, fascinée. Mme Chasen, de sa place, ne le voit pas.

MME CHASEN. – Je me demande ce qui peut le retenir. Voulez-vous une tasse de thé ?

SYLVIE. – De... quoi ?

MME CHASEN. – Une tasse de thé.

SYLVIE. – Ah oui, merci.

Mme Chasen appuie sur un bouton et la femme de chambre entre.

MME CHASEN. – Marie, servez-nous le thé, je vous prie. Avec les macarons que j'ai rapportés ce matin.

Marie jette à Sylvie un regard compatissant[1]*. Elle sort. Sylvie regarde le coffre.*

SYLVIE. – Est-ce qu'Harold a un passe-temps favori ?

MME CHASEN. – Un passe-temps, c'est beaucoup dire. Mais il lui arrive de se montrer sous un jour assez inattendu.

SYLVIE. – Il fait des farces ?

MME CHASEN. – En quelque sorte.

Sylvie, rassurée, a un petit rire.

SYLVIE. – J'ai un frère qui est un farceur incroyable.

MME CHASEN. – Vraiment ?

---

1. ***Compatissant*** : qui prend part aux souffrances d'autrui ; Marie sait le sort qu'Harold réserve à Sylvie...

SYLVIE. – Un dimanche, avec mon oncle Fred, ils ont pris le vieux poste de télé, dans le garage. Ils l'ont complètement démonté, ils l'ont installé dans le living-room. Mon oncle Fred s'est couché derrière. Toute la famille est arrivée et qu'est-ce qu'ils ont vu ? L'oncle Fred en train de lire les informations.

Elle rit.

MME CHASEN. – C'était sûrement très drôle.

Une violente explosion secoue le coffre. Tout un côté s'écroule. À l'intérieur, on ne voit qu'un squelette fumant.

SYLVIE. – Ha... Harold ! *(Mme Chasen ne comprend pas ce qui se passe. Sylvie a sans doute perdu la tête. Marie entre avec le thé et dépose le plateau sur la table.)* Harold ! Regardez ! Là !

Mme Chasen se retourne et voit le squelette. Au même instant, le vrai Harold paraît.

MME CHASEN. – Oh, non... Harold ! Est-ce ton squelette que je vois dans mon salon ?

Sylvie, en proie à une crise de nerfs, s'enfuit en courant, à la satisfaction d'Harold, la résignation de Mme Chasen et la curiosité de Marie. Musique adéquate à la crise de nerfs.

Scène 8

LA MAISON DE MAUDE

L'inspecteur Bernard, un grand et rude policier, et son assistant Doppel – plutôt petit et gros – entrent avec le père Finnegan, qui est assez mal à l'aise. Bernard vient de voir la voiture du prêtre dans la rue.

BERNARD. – C'est votre voiture ? Vous êtes bien sûr ?

LE PRÊTRE. – Oui, oui. C'est ma voiture.

BERNARD. – Notez ça. Doppel. Identification formelle. Vous allez signer, monsieur l'abbé. C'est comme si j'avais le mandat[1].

LE PRÊTRE. – Vous allez arrêter Mme Chardin?

BERNARD. – Très exactement. Nous avons déjà eu quelques petits accrochages ensemble, mais elle s'en est toujours tirée. Cette fois, les faits sont là. C'est comme si elle était dedans[2]. *(Harold entre.)* Qui êtes-vous ?

HAROLD. – Pardon ? Oh, bonjour mon père.

BERNARD. – Je vous ai demandé : qui êtes-vous ?

LE PRÊTRE. – C'est le jeune homme dont je vous ai parlé, Harold Chasen.

BERNARD. – Celui qui a pris votre voiture avec la vieille dame ? Notez son nom, Doppel.

HAROLD. – Qu'est-ce qui se passe ? Où est Maude ?

BERNARD. – J'allais justement vous le demander.

HAROLD. – Je n'en sais rien.

BERNARD. – Vous êtes un de ses amis ?

HAROLD *(hésitant)*. – Eh bien… heu…

BERNARD. – Très facile. Répondez par oui ou par non. Vous êtes un de ses amis ?

HAROLD *(se décidant)*. – Oui.

BERNARD. – Notez ça, Doppel. Vérifiez si nous n'avons rien en instance[3] à son nom.

Doppel sort.

HAROLD. – Je n'ai rien fait.

BERNARD. – Possible. Mais votre amie est accusée d'avoir volé une voiture.

---

1. ***Mandat*** : ordre écrit grâce auquel l'inspecteur Bernard sera officiellement autorisé à arrêter Maude.

2. ***Comme si elle était dedans*** : comme si Maude avait déjà été arrêtée et mise en prison.

3. ***En instance*** : en cours. L'inspecteur vérifie que le nom d'Harold n'apparaît pas dans une affaire en cours de traitement.

LE PRÊTRE. – À ce propos, inspecteur, je ne voudrais pas en faire une histoire. Puisque j'ai retrouvé la voiture, ne pourrions-nous pas en rester là ?

BERNARD. – Écoutez. Ça fait un bon bout de temps que j'essaye d'épingler cette dame. Ce n'est pas maintenant que vous allez me laisser tomber.

LE PRÊTRE. – Une arrestation, un procès... Après tout, si elle promet de ne plus recommencer...

BERNARD. – Un délit a été commis. On ne plaisante pas avec ces choses-là, monsieur l'abbé.

LE PRÊTRE. – Je vous comprends. Je vais lui parler avec sévérité, mais je ne crois pas devoir porter plainte.

BERNARD *(de mauvais gré*[1]*)*. – Parfait. C'est vous qui décidez. Mais souvenez-vous : le prochain coup qu'elle fait, c'est vous qui êtes responsable.

Doppel entre en coup de vent.

DOPPEL. – Chef ! Chef !

BERNARD. – Qu'est-ce qu'il y a encore, Doppel ?

DOPPEL. – Un appel radio. On nous demande au zoo.

BERNARD. – Au zoo ?

DOPPEL. – Oui. On a volé un phoque.

HAROLD. – Comment ? Un ph... !

Nerveux, il regarde autour de lui, cherchant le phoque.

BERNARD. – Un phoque ? On a volé un phoque ? Il y a encore plus de cinglés que je croyais dans cette ville. On y va, Doppel. *(À Harold.)* Mais dites à votre amie qu'un jour ou l'autre elle va commettre une erreur. Et ce jour-là, je ne la louperai pas. Je ne la louperai pas, monsieur l'abbé ! Notez ça, Doppel.

Il sort avec Doppel.

LE PRÊTRE. – Je crois qu'il parle sérieusement. Vous devriez dire à Mme Chardin de faire attention.

HAROLD *(qui voudrait qu'il s'en aille)*. – Oui, mon père.

---

1. ***De mauvais gré*** : qui manifeste son mécontentement.

LE PRÊTRE. – Je sais que ses intentions sont bonnes, mais elle est si impulsive[1] que ça risque de mal finir.

HAROLD. – Je le lui dirai.

LE PRÊTRE. – Elle ne peut pas comme cela s'emparer de tout ce qui lui tombe sous la main. Il existe des règlements.

Maude entre.

MAUDE. – Bonjour, Harold. Quelle joie de vous revoir. Père Finnegan ! Quelle douce surprise ! Avez-vous célébré de belles funérailles ces temps derniers ?

LE PRÊTRE. – Madame, ce n'est pas seulement une visite de courtoisie[2]. J'ai quelque chose de très important à vous dire.

MAUDE. – Oh, que c'est excitant ! Entrons !

HAROLD *(vivement)*. – Non ! *(Maude et le prêtre s'arrêtent et le regardent.)* On est si bien dehors… C'est calme et… *(avec intention[3], à Maude)* il n'y a pas d'animaux.

MAUDE *(qui rit)*. – Mais de quoi parlez-vous ? Entrez, mon père, nous allons boire un bon petit thé.

Elle rentre, le prêtre la suit. Harold entre à son tour avec un léger haussement d'épaules.

LE PRÊTRE. – Tout ce que j'ai à vous dire, madame, c'est que vous avez beaucoup de chance.

MAUDE. – Ça, c'est vrai.

LE PRÊTRE. – J'ai décidé de ne pas porter plainte.

MAUDE. – Ah oui ! À quel propos ?

LE PRÊTRE. – Vous avez pris ma voiture, hier. Vous vous rappelez ?

MAUDE. – À quoi ressemblait-elle ?

LE PRÊTRE. – Une Volkswagen bleue, avec une médaille de saint Christophe[4].

---

1. ***Impulsive*** : irréfléchie, fougueuse.

2. ***Visite de courtoisie*** : visite de politesse, sans véritable but.

3. ***Avec intention*** : dans le but d'avertir Maude. Le prêtre ne doit pas voir le phoque, dont la disparition a été signalée à la police.

4. ***Saint Christophe*** : personnage légendaire de la tradition chrétienne, patron des voyageurs et des automobilistes. Sa médaille protectrice orne la voiture du prêtre.

MAUDE. – Ah, oui, je me rappelle. Elle tire un peu à gauche[1].

LE PRÊTRE. – Oui. Mais…

MAUDE. – Et les freins sont mous.

LE PRÊTRE. – Oui. Mais…

MAUDE. – Connaissez-vous le thé d'avoine ?

LE PRÊTRE. – Non.

MAUDE. – C'est délicieux. Et ça fait beaucoup de bien.

LE PRÊTRE. – Madame, il ne faut pas prendre ça à la légère. Une voiture, c'est une chose sérieuse.

MAUDE. – Vous trouvez ? Moi, ça ne m'a jamais beaucoup enthousiasmée. Une voiture, ça se conduit, c'est tout. Ah ! si elle était vivante, comme un cheval ou un chameau ! À propos, où est M. Murgatroyd ? Vous l'avez vu ?

LE PRÊTRE. – M. Murgatroyd ?

HAROLD. – Il est… Il est dans la salle de bains, mais il ne veut à aucun prix qu'on le dérange.

MAUDE. – Qu'est-ce que vous racontez, Harold ? Il adore qu'on le regarde quand il prend un bain.

LE PRÊTRE. – Oh ! madame !

MAUDE. – Tiens, voilà son ballon.

Maude lance le ballon au père Finnegan. Harold essaye d'empêcher l'inévitable.

HAROLD. – Maude, je crois sincèrement que nous ne devrions pas entrer…

MAUDE. – Qu'est-ce qui vous prend, Harold ? Il est tout à fait charmant. Vous le savez bien. Mon père, je suis sûre que si vous le lui demandez gentiment, il se tiendra debout dans la baignoire avec le ballon sur le nez.

LE PRÊTRE. – Madame !

MAUDE. – Mugsie ! Mugsie ! Mon doux cœur ! Vous avez fini ?

---

1. ***Elle tire un peu à gauche*** : elle a tendance à se déporter sur la gauche.

LE PRÊTRE. – Sainte Mère de Dieu ! C'est le phoque ! Je le savais ! Ah, mon Dieu, je le savais ! Vous l'avez pris au zoo ?

MAUDE. – Si vous aviez vu dans quelle eau il vivait ! Sale, polluée ! Et presque pas de place. J'ai senti que je devais le libérer. Le rapporter à la mer.

HAROLD. – La police était là à l'instant. Ils sont au courant.

MAUDE. – L'inspecteur Bernard et le petit sergent Doppel ? Oh, que je suis navrée de les avoir manqués !

HAROLD. – Vous n'avez pas peur ?

MAUDE. – Peur d'eux ? *(Elle rit.)* La police ! J'en ai vu d'autres. Bon ! Il va falloir s'occuper de Mugsie. *(Au phoque.)* Mugsie, mon doux cœur, il faut abréger votre séjour ici. Je vous ramène cet après-midi à la mer. Soyez gentil, Harold, de prendre les fleurs. Nous reviendrons par l'hôpital.

Harold prend un bouquet de fleurs.

LE PRÊTRE. – Je vous demande pardon, madame… vous allez lâcher ce phoque dans la mer ?

MAUDE. – Bien sûr. Voulez-vous venir avec nous ?

LE PRÊTRE. – Non, merci. Je suis très pris cet après-midi.

MAUDE. – Comme ça tombe bien. Ça ne vous dérange donc pas si nous prenons votre voiture ?

Maude sort sur ces mots.

Scène 9

Une plage

Harold et Maude sont face à la mer et agitent la main pour dire au revoir au phoque. On entend le ressac[1] *et les mouettes. Derrière eux, des collines couvertes de fleurs sauvages, rouges.*

MAUDE. – Adieu, monsieur Murgatroyd ! Bon voyage !

HAROLD. – Ça y est. Il s'en va.

MAUDE. – Vous ne trouvez pas qu'il nage à la perfection ? Il roule, il saute, il plonge. Il a l'air si heureux. *(Elle regarde attentivement.)* Mugsie ! Non ! Non ! *(Elle pousse un sifflement perçant et crie.)* Ce n'est pas la bonne route ! Demi-tour ! Vers le nord ! *(Elle sourit.)* Oui, c'est ça. Dans trois jours, il aura rejoint sa famille.

HAROLD. – Où avez-vous appris à siffler ?

MAUDE. – C'est très facile. Vous mettez ces deux doigts comme ça, que les bouts se touchent, vous les placez sous l'extrémité de la langue. Vous poussez la langue en arrière jusqu'à ce que les lèvres se ferment sur la première phalange. Vous serrez les lèvres et vous soufflez. *(Harold, qui a suivi ces instructions, souffle. On entend un sifflement très faible.)* C'est ça. Mais la langue doit rester recourbée. *(Il souffle de nouveau. C'est un peu mieux.)* Voilà. Le reste est une question d'entraînement. Mon frère aîné m'avait montré quand j'étais petite. Il était sûr que je n'y arriverai jamais et, en définitive, je sifflais mieux que lui.

HAROLD. – Encore un truc que je ne connaissais pas.

MAUDE. – À nouveau jour, nouvel émoi[2]. C'est ma devise[3]. Ah, c'est merveilleux la vie, vous ne trouvez pas ! Et ce qu'il y a de plus merveilleux, c'est qu'elle ne dure pas toujours.

---

1. ***Ressac*** : retour brutal des vagues sur elles-mêmes.
2. ***Émoi*** : émotion ; ici, le mot est synonyme d'excitation.
3. ***Devise*** : formule qui exprime une règle de vie ou d'action.

HAROLD. – À vous voir, on croirait le contraire.

MAUDE. – Moi ? Ah ! Vous ai-je dit que samedi j'aurai quatre-vingts ans ?

HAROLD. – Vous ne les paraissez pas.

MAUDE. – Conséquence d'une bonne alimentation, d'un bon exercice et d'une bonne respiration. Tous les matins on salue l'aurore comme ceci. *(Elle fait un exercice qui la laisse essoufflée. Elle rit.)* Sans doute, le corps se fatigue un petit peu. Pour moi, c'est bel et bien l'automne[1]. Samedi, je devrai renoncer à tout cela. *(Elle se met à fredonner.)* Vous dansez ?

HAROLD. – Comment ?

MAUDE. – Vous dansez ? Vous chantez ?

HAROLD. – Non.

MAUDE. – C'est bien ce que je pensais. Comme on dit en Irlande : que le chemin de ta vie soit une danse heureuse !

HAROLD. – Ils disent ça en Irlande ?

MAUDE. – Continuellement. Et vous, qu'est-ce que vous faites, Harold, en dehors des enterrements ?

HAROLD. – Beaucoup de choses. Je travaille dans ma chambre. Sur mes projets.

MAUDE. – Vous ne sortez jamais ?

HAROLD. – Si. Le jeudi, par exemple, je vais à la décharge publique. C'est le jour où ils font des cubes de ferraille. Je peux vous y emmener, si vous voulez.

MAUDE. – J'adorerais. Ça a l'air excitant comme tout. Et moi en échange, je vous emmènerai voir une ferme de fleurs. Avez-vous déjà vu une ferme de fleurs ?

HAROLD. – Jamais.

MAUDE. – C'est un régal. Les fleurs sont tellement amicales.

HAROLD. – Vraiment ?

MAUDE. – Si réconfortantes. Elles naissent, poussent, fleurissent, se dessèchent, meurent et se transforment en autre chose. C'est à vous donner des frissons.

---

1. ***Automne*** : ici, euphémisme qui sert à désigner le déclin de la vie.

HAROLD. – Tout change, j'imagine.

MAUDE. – Tout ! Moi, si j'avais le choix, je voudrais devenir un tournesol.

HAROLD. – Pourquoi ?

MAUDE. – Parce qu'un tournesol, c'est grand. *(Elle rit.)* Et vous, Harold ? Quelle fleur aimeriez-vous être ?

HAROLD *(montrant les fleurs que tient Maude)*. – Aucune idée. Je suis quelqu'un de très ordinaire. Peut-être une de celles-ci.

MAUDE. – Pourquoi dites-vous ça ?

HAROLD. – Parce qu'elles sont toutes les mêmes.

MAUDE. – Mais c'est faux ! Regardez. *(Elle lui montre le bouquet qu'elle serre dans sa main gauche.)* Vous voyez ? Il y en a de plus petites, de plus grosses. Certaines penchent à droite, d'autres à gauche. Il y en a même qui ont des pétales qui manquent. Elles sont tout à fait comme les Japonais. Vous croyez d'abord qu'ils se ressemblent tous mais quand on les connaît, rien de plus varié. Chaque personne est différente. Avant, elle n'existait pas, après, elle n'existe plus. Exactement comme cette fleur. Un cas unique. Un individu.

HAROLD. – Nous sommes tous des individus mais il nous faut vivre ensemble.

MAUDE. – Au fond, je crois que notre misère vient du fait que les gens savent qu'ils sont ceci… *(elle lui montre la fleur)* et acceptent qu'on les traite comme cela. *(Elle serre le bouquet dans son autre main.)* Bon. Si on allait boire un peu de champagne ? À la santé de M. Murgatroyd !

HAROLD *(en souriant)*. – Je ne bois pas.

MAUDE. – Pas de danger, c'est un produit naturel.

HAROLD. – Alors, allons-y pour le champagne.

MAUDE. – Et puis, comme on dit toujours : qui a bu boira !

HAROLD. – Ah, ils disent cela aussi en Irlande ?

MAUDE. – Non. En France !

Noir.

Scène 10

LA MAISON D'HAROLD

Mme Chasen est assise avec la seconde jeune fille envoyée par l'ordinateur. Celle-ci s'appelle Nancy Marsch. Elle est petite, elle porte des lunettes. Ses cheveux sont bruns, bien coiffés, et son désir de plaire est presque trop visible. Les deux femmes prennent le thé.

MME CHASEN. – Du lait ?

NANCY. – Non, merci.

MME CHASEN. – Du sucre ?

NANCY. – Non, merci… Oh, plutôt oui. Merci.

MME CHASEN. – Un seul morceau ?

NANCY. – Deux, s'il vous plaît. Merci. *(Mme Chasen lui tend la tasse.)* Merci.

MME CHASEN. – Si j'ai bien compris, Nancy, vous êtes secrétaire ?

NANCY. – Oui. Chez Harrison. Graines et semences Harrison.

MME CHASEN. – Et quel est exactement votre rôle ?

NANCY. – Eh bien, je commence à huit heures et demie, huit heures quarante si je manque mon bus, ce qui n'a pas d'importance étant donné que M. Harrison n'arrive jamais avant neuf heures. En fait, comme dit Sheila – mon amie Sheila Farenheit qui travaille en face, chez Henderson, émaux et faïences. Rien à voir avec nous, comme vous pensez, mais quelquefois ils reçoivent notre courrier et nous le leur. Harrison graines et semences, Henderson émaux et faïences, ça sonne un peu pareil, mais naturellement nous ne faisons pas du tout les mêmes choses[1]. Quelquefois, ça nous fait bien rire, Sheila et moi.

---

1. Les premiers réalisent un commerce agricole, les seconds vendent des objets émaillés ou en faïence.

MME CHASEN *(distraite)*. – Ce doit être un travail très intéressant.

NANCY. – Passionnant.

MME CHASEN. – Je me demande ce qui peut bien retenir Harold. *(Elle sonne.)* Il sait que vous êtes là. Il est juste monté changer de chemise. *(La femme de chambre entre.)* Marie, allez dire à Harold de se dépêcher. Mlle Nancy l'attend.

NANCY *(avec douceur)*. – Oui…

Marie lance un regard compatissant à Nancy et sort.

MME CHASEN. – Vous avez toujours vécu dans cette ville ?

NANCY. – Oui, j'y suis née, j'y suis allée à l'école et maintenant j'y travaille. *(Elle rit.)* J'ai peut-être l'air un peu casanière[1]. Mais comme dit papa : « Ne te presse pas de quitter la maison. Ça viendra bien assez tôt. »

Elle rit, très amusée, et Mme Chasen l'imite poliment. Elles sirotent leur thé quand retentit un violent coup de feu, qui vient d'en haut. Nancy, qui a sursauté, regarde Mme Chasen. Après un regard mécontent vers le premier étage, celle-ci adresse à Nancy un sourire rassurant. Elle s'empare de la théière, bien décidée à ignorer cet incident.

MME CHASEN. – Un peu plus de thé ?

NANCY. – Non, je… Oh, après tout, oui. Merci.

MME CHASEN. – Votre père est un sage. Que fait-il dans la vie ?

NANCY. – Il est à la retraite. Mais il travaillait pour la télévision.

MME CHASEN *(impressionnée)*. – Vraiment ?

NANCY. – Oui. Il était poseur d'antennes. Mais après le mariage de ma sœur Gloria, l'année dernière, non, je me trompe, c'était l'année d'avant, vous vous rappelez, quand il a tant plu ? Il a même plu le jour du mariage, mais comme me disait papa, j'étais une des demoiselles d'honneur, il m'a dit : « Après la pluie vient le soleil », et je pense qu'il avait raison, étant donné que maintenant elle habite en Arabie Saoudite. Son mari est dans le pétrole.

Mme Chasen lui sourit et regarde la pendule.

---

1. ***Casanière*** : qui aime rester chez elle.

MME CHASEN. – Je ne comprends pas ce que fait Harold. Il devait mettre une chemise propre et…

Un nouveau coup de feu éclate. La porte s'ouvre et la femme de chambre entre, portant une chemise tachée de sang qu'elle dépose sur le sol. Mme Chasen et Nancy la regardent, attendant une explication.

HAROLD *(off)*. – Et merde !

Nancy paraît de plus en plus nerveuse.
Elle regarde Mme Chasen.

MME CHASEN. – Racontez-moi comment vous en êtes venue à l'ordinateur.

NANCY. – C'est une histoire vraiment très drôle. Le mois dernier, mon amie Sheila, vous savez, elle travaille en face, elle sortait avec son ami Arthur, qui joue de la clarinette. Il a un frère jumeau qui s'appelle Arnold et qui justement est chauffeur chez nous. Nous avons un parc de dix et quelquefois de douze camions. En fait, voyez-vous, je tape les bons de livraison, d'habitude le lundi matin, à moins que j'aie encore des factures du vendredi, auquel cas je…

Nancy sursaute au bruit violent d'un coup de feu tout proche. Harold entre, tenant un fusil qui fume. L'air mécontent, il le dépose sur une table, puis il se dirige vers les deux femmes et s'arrête devant elles comme s'il venait de déposer sa raquette de tennis après une partie perdue. Mme Chasen est la première à reprendre contenance[1]. Elle montre Nancy, qui tremble.

MME CHASEN. – Harold, mon chéri, voici Nancy Marsch. Et voici mon fils Harold, Nancy.

NANCY. – Bonjour… Très… Très heureuse de vous connaître…

HAROLD. – Bonjour.

MME CHASEN. – Assieds-toi, je te sers une tasse de thé. Nancy était justement en train de me raconter… quoi donc déjà ?

Harold s'assied, sa main gauche posée sur une petite table.

---

1. ***Reprendre contenance*** : ici, retrouver son calme.

NANCY. – Les factures… *(à Harold)*… les factures que je tape le lundi matin…

MME CHASEN. – Nancy est secrétaire chez Henderson, graines et semences.

NANCY. – Harrison, madame, Harrison.

MME CHASEN. – Oh ! pardon…

NANCY. – Vous pensiez sans doute à Henderson, émaux et faïences. *(À Harold.)* Tout le monde s'y trompe. Ils sont juste en face avec mon amie Sheila Farenheit.

Harold hoche la tête en souriant, saisit un gros hachoir sous sa veste et d'un seul coup se tranche la main. Mme Chasen cesse de verser le thé et regarde le hachoir planté dans la table, tandis que les yeux de Nancy, à la vue du moignon[1] sanglant, s'ouvrent tout grands. Sans expression, Harold regarde sa mère, laquelle respire profondément et décide de faire face à une situation désespérée. Elle sourit aimablement à la jeune tille, qui est très pâle.

MME CHASEN. – Encore un peu de thé, Nancy ?

Nancy bat des paupières, sourit faiblement à Mme Chasen et pose soigneusement sa tasse sur la table.

NANCY. – Je… Je ne me sens pas… Excusez…

Elle se lève en vacillant. Avec un autre vague sourire, elle veut se diriger vers la porte. Elle fait un pas avant de s'écrouler sur la table comme une poupée désarticulée.

1. ***Moignon*** : extrémité d'un membre amputé.

Scène 11

LE BUREAU DU DOCTEUR

Le docteur est au téléphone.

LE DOCTEUR. – Comment ?... Vous êtes sûre, chère amie, de ne pas vous tromper ?... La première jeune fille, il l'a... Vraiment ?... Et la seconde... Un hachoir ? Seigneur !... Qu'est-ce qu'il s'est coupé avec un hachoir ?

MME CHASEN. – La main gauche.

LE DOCTEUR. – Ah ! Bon !

MME CHASEN. – Sans parler de la table ! Je ne vous cache pas que je suis un peu désappointée[1].

LE DOCTEUR. – Oui, moi aussi. J'espérais que ces séances apporteraient quelque amélioration, mais visiblement...

MME CHASEN. – Quand le revoyez-vous ?

LE DOCTEUR. – Ce matin. Harold a téléphoné pour annuler tous ses rendez-vous.

MME CHASEN. – Tous ?

LE DOCTEUR. – Oui, tous.

MME CHASEN. – Mon frère le général dit que seule l'armée pourrait en faire un homme.

LE DOCTEUR. – Chère amie, d'après ce que vous venez de m'apprendre sur Harold, je crois pouvoir vous affirmer qu'il a toutes les qualités requises pour faire un très bon militaire[2].

---

1. ***Désappointée*** : déçue, dépitée.
2. Qu'Harold n'hésite pas à s'amputer traduit, selon le docteur, son courage et sa résistance au mal – qualités qu'il juge nécessaires à un bon soldat !

Scène 12

La maison de Maude

Dehors, il pleut. Mais dedans, il fait bon et chaud. Assis sur des coussins près d'une table basse, Harold et Maude achèvent un dîner japonais. Ils sont vêtus de kimonos et Maude se lève pour montrer le sien (inspiré par le tableau de Monet[1]).

MAUDE. – On me l'a offert à Yokohama[2]. Avec un éventail assorti.

HAROLD. – C'est très beau. Nous avons bien fait de manger japonais. C'était un dîner parfait.

MAUDE. – C'était un jour parfait. Cette promenade sous la pluie à la ferme aux fleurs, peut-on rêver plus délicieux ?

HAROLD *(riant)*. – La pluie était enivrante. Trempés jusqu'à la moelle. Nous aurions dû prendre ce parapluie.

Maude se retourne pour regarder le vieux parapluie qui pend sur la cheminée.

MAUDE. – Ah, mon Dieu ! Depuis le temps, je l'avais oublié ! *(Elle le prend.)* Je m'en servais pour me défendre pendant les manifestations, les piquets de grève[3], les meetings[4] politiques. Traînée par la police, attaquée par les vauriens[5] de l'opposition. *(Elle rit.)* C'était le bon temps.

---

1. *Claude Monet* (1840-1926) : peintre et dessinateur français, chef de file de l'école des impressionnistes. En 1876, il peint le tableau *Mme Monet en kimono (La Japonaise)*, que l'on peut voir aujourd'hui au musée des Beaux-arts de Boston (États-Unis) et qui représente une femme occidentale vêtue d'un splendide kimono, auquel ressemble celui de Maude.

2. *Yokohama* : ville du Japon située tout à côté de Tokyo (sur la côte est).

3. *Piquets de grève* : ici, exécutions des ordres de grève.

4. *Meetings* : anglicisme qui désigne des réunions publiques ; synonyme de rassemblements.

5. *Vauriens* : voyous, personnes peu recommandables.

HAROLD. – Vous vous battiez pour quoi ?

MAUDE. – Oh, pour de nobles causes. La liberté. La justice. La misère du monde. Et puis les rois sont morts, ainsi que les royaumes. Honnêtement, je ne regrette pas les royaumes – les frontières, les nations, le patriotisme, tout ça n'a aucun sens – mais je regrette un peu les rois. Oui. Petite fille, à Vienne[1], on m'emmenait au palais pour la garden-party[2]. Je revois encore l'éclat du soleil sur la fontaine, les parasols, les uniformes des jeunes officiers, si brillants. Je voulais épouser un soldat. *(Elle rit.)* Comme Frédéric[3] a pu me le reprocher ! Il était si sérieux. Grand, net. Docteur à l'Université, diplomate. Il pensait que la dignité, c'est la façon dont on porte son chapeau. C'est d'ailleurs ce qui nous a rapprochés. Je lui ai déquillé le sien[4] avec une boule de neige près du kiosque à musique. *(Elle sourit avec douceur et regarde le feu sans le voir.)* Mais tout cela, c'était… c'était avant…

Harold la regarde, ne sachant que dire.

HAROLD *(après un temps).* – Vous ne vous servez plus du parapluie ?

MAUDE *(le regardant).* – Non. Je ne m'en sers plus.

HAROLD. – Plus de révoltes ?

MAUDE. – Comment ? Mais chaque jour ! Seulement, je n'ai plus besoin de me défendre. Le même combat pour les nobles causes, mais à ma nouvelle manière. Discrète. Individuelle. J'ai mon arme secrète moi aussi : la tendresse. *(Maude sourit*

1. ***Vienne*** : capitale de l'Autriche, traversée par le Danube ; les palais y sont nombreux, le plus célèbre étant le château royal de Schönbrunn.

2. ***Garden-party*** : anglicisme qui désigne une réception mondaine donnée dans un jardin ou dans un parc.

3. Il s'agit du mari de Maude ; elle explique plus loin les circonstances de leur rencontre.

4. ***Je lui ai déquillé le sien*** : j'ai fait tomber le sien (au sens propre, le verbe se rapporte au jeu de quilles ; son emploi est ici familier).

chaleureusement, puis se penche et prend un narguilé[1] *qui est posé à côté d'elle.)* Voulez-vous une bouffée ?

HAROLD. – Franchement, je ne crois pas que…

MAUDE. – Oh, pas de danger. C'est un produit naturel. Un mélange d'herbes…

HAROLD. – Bon.

Elle allume le narguilé et tend l'un des tuyaux à Harold.

MAUDE. – Aspirez un bon coup.

Harold prend le tuyau et aspire. Il sourit.

HAROLD. – Je prends des vices[2].

MAUDE. – Vice, vertu… Mieux vaut glisser[3]. On se priverait de tout. Confucius[4] disait : « Emprunter le bon chemin ne suffit pas. Fais en sorte qu'il soit agréable. »

HAROLD. – Confucius a dit ça ?

MAUDE *(souriante)*. – Comme il était très sage, il l'a sûrement dit.

Harold tire une autre bouffée. Il regarde Maude attentivement.

HAROLD. – Vous êtes la personne la plus sage que je connaisse.

MAUDE. – Moi ? Quelle blague… Quand je regarde autour de moi, tout ce que je sais, c'est que je ne sais rien[5]. Une fois, en Perse, nous avons rencontré un sage professionnel. C'était son métier. Il vendait aux touristes des têtes d'épingles[6] avec quelques mots gravés. « Les paroles les plus sages du monde ! » disait-il. Frédéric en acheta une. Rentrée à l'hôtel, je pris une loupe et je lus sur la tête d'épingle : « Et cela aussi passera. »

---

1. ***Narguilé*** : pipe orientale à long tuyau.
2. ***Je prends des vices*** : je développe de mauvais penchants, j'adopte de mauvaises conduites, c'est-à-dire des comportements contraires à la vertu (qualité morale).
3. ***Mieux vaut glisser*** : mieux vaut ne pas s'en préoccuper.
4. ***Confucius*** : philosophe chinois des VIe et Ve siècles av. J.-C.
5. ***Tout ce que je sais, c'est que je ne sais rien*** : cette phrase est une citation de Socrate, philosophe grec de l'Antiquité (Ve siècle av. J.-C.).
6. ***Têtes d'épingles*** : bouts ou extrémités d'épingles en forme de petites boules.

(Elle rit.) Le sage avait raison. Mettez ça en pratique et votre vie sera comblée.

Harold tire pensivement sur sa pipe.

HAROLD. – Je n'ai pas vécu, c'est vrai. *(Un temps.)* Mais je suis mort plusieurs fois.

MAUDE. – C'est-à-dire ?

HAROLD. – Mort. Dix-sept fois. Sans compter les mutilations. *(Tout à coup, il éclate de rire. Le « produit naturel »[1] commence à faire son effet.)* Une fois, je me suis fait sauter la tête avec un pistolet à bouchon et un sachet de sang.

MAUDE. – Très ingénieux. Racontez-moi.

HAROLD. – Ce qui compte avant tout, c'est le timing[2] et l'équipement adéquat... Vous voulez vraiment que je vous raconte ?

MAUDE. – Et comment !

HAROLD *(épanoui)*. – O.K. La première fois, je n'avais rien préparé. J'étais au collège, dans la salle de chimie. Je travaillais sur une expérience, je mélangeais des produits, tout ça très scientifique. Tout à coup, bang ! Tout saute. Un trou énorme dans le plancher. Je me retrouve par terre, les cheveux brûlés. Je me relève. De la fumée, des flammes partout. Tout ce que je voulais, c'était sortir de là. Par bonheur, je trouve un vieux vide-ordures, je me laisse glisser jusqu'au sous-sol, je sors. Tout le toit était en feu. Des gens couraient en criant, on sonnait l'alarme. Je me suis dit : autant rentrer à la maison. *(Il s'assied auprès de Maude.)* Ma mère donnait une réception. Je me glissai dans ma chambre par-derrière. Tout à coup, on sonne à la porte, en bas. La police. Je me penche par-dessus la rampe. Je les entends dire à ma mère que j'étais mort à l'école dans un incendie. Je ne pouvais pas voir son visage

1. ***Produit naturel*** : périphrase pour évoquer les substances fumées par Harold avec le narguilé.
2. ***Timing*** : anglicisme qui désigne la répartition dans le temps des différentes étapes d'une tâche.

mais elle se mit à chanceler en regardant les invités. Elle se tenait le front d'une main, l'autre main tendue, comme si elle cherchait un appui. Deux hommes se précipitèrent vers elle et alors, avec un long, long soupir, elle s'effondra dans leurs bras. *(Il s'arrête un moment.)* Je venais de découvrir qu'être mort me plaisait beaucoup.

Maude ne dit rien pendant quelques instants. Puis elle parle doucement.

MAUDE. – Oui, je comprends. Beaucoup de gens aiment ça. Passer pour morts. Ils ne sont pas vraiment morts mais ils tournent le dos à la vie. Ils restent assis sur les bancs du stade en regardant le match. Le seul qu'ils verront jamais. À chaque instant ils pourraient y participer et ils ne font rien… *(Elle se lève et crie.)* Mais allez-y, bon Dieu ! Foncez ! Tant pis si ça fait mal ! Jouez ! Vivez ! Sinon, de quoi parlerez-vous au vestiaire[1] ?

Harold lui sourit.

HAROLD. – Je vous aime bien, Maude.

Maude lui rend son sourire.

MAUDE. – Moi aussi, Harold. On va chanter.

HAROLD. – Chanter ?

MAUDE. – Ne me dites pas que vous ne savez pas chanter. Tout le monde peut chanter, même moi. *(Elle s'assied au piano et commence à jouer le morceau que nous appellerons* La musique de Maude[2]. *Elle le chante une fois et demande à Harold de répéter après elle.)* « La mer est en bleu entre deux rochers bruns…

HAROLD *(chantant)*. – « La mer est en bleu entre deux rochers bruns…

MAUDE *(chantant)*. – « Je l'aurais aimée en oran-an-ge…

---

1. Dans une métaphore filée, Maude compare la vie à un match auquel on assiste passif ou auquel on participe.

2. Composée pour la pièce par Guy Béart, cette musique sort en disque 45 tours en 1973, sous le titre *Les Couleurs du temps (La chanson de Maude)*.

HAROLD *(chantant).* – « Je l'aurais aimée en oran-an-ge…
MAUDE *(chantant).* – « Ou même en arc-en-ciel comme les embruns[1],
« Étran-an-ges
HAROLD *(chantant).* – « Ou même en arc-en-ciel comme les embruns.
« Étran-an-ges

Maude enchaîne sur le refrain. Harold se joint à elle et tous deux chantent plus ou moins ensemble.

ENSEMBLE *(chantant)*
« Je voudrais changer les couleurs du temps
« Changer les couleurs du monde
« Le soleil levant, la rose et les vents
« Le sens où tournera ma ronde
« Et l'eau d'une larme, et tout l'Océan
« Qui gron-on-de. »

À la fin de la chanson, Harold rit et applaudit.

MAUDE. – Ce n'est pas si mal. Si on jouait quelque chose ensemble ?
HAROLD. – Je ne joue de rien.
MAUDE. – De rien ? Mais qui a pris soin de votre éducation ? Tout le monde devrait être capable de faire un peu de musique. C'est le langage universel, la grande danse du cosmos ! Voyons un peu ce que je pourrais trouver… La trompette, non. *(Elle ouvre une grande armoire qui est pleine d'instruments de musique. Elle fouille un peu, y prend un banjo[2] et le donne à Harold.)* Ça, c'est parfait. *(Elle lui montre comment jouer.)* Vous le tenez comme ceci et vous placez vos doigts… un petit peu partout.

Harold gratte quelques notes.

HAROLD. – Ça n'a que de lointains rapports avec la musique.

---

1. ***Embruns*** : poussière de gouttelettes provoquées par les vagues.
2. ***Banjo*** : sorte de guitare ronde.

MAUDE. – Faites d'abord connaissance. Quand vous serez devenus amis, laissez la musique couler, en liberté, comme si vous dansiez. *(Elle s'installe au piano et commence à jouer la valse de* La Veuve joyeuse[1]. *Après le premier mouvement, elle frappe le gong, qui est posé sur le piano, et le piano se met à jouer tout seul. Maude se lève et danse dans la pièce, cependant qu'Harold regarde, enchanté, tout autour de lui, se demandant d'où vient la musique.)* Venez. Je vais vous apprendre à valser.

HAROLD. – Comment faites-vous ?

La musique s'arrête. Maude se méprend[2] *sur le sens de sa question.*

MAUDE. – Rien de plus facile. *(Elle fait une petite démonstration de danse.)* Un-deux-troix, un-deux-trois… *(Elle fredonne quelques notes tout en dansant et, au moment voulu, elle frappe de nouveau le gong. La musique repart aussitôt, en parfait accord avec la voix de Maude, qui tend ses bras à Harold.)* On danse ?

Harold sourit et la prend dans ses bras.
Ils valsent ensemble quand tombe le rideau.

---

1. ***La Veuve joyeuse*** : à l'origine opérette en trois actes écrite par l'Allemand Franz Lehár (1905), elle donne lieu à un film muet d'Erich von Stroheim en 1925, puis à un film d'Ernst Lubitsch en 1934, où tout se résout en danses et chansons.

2. ***Se méprend*** : se trompe. La question d'Harold traduit son étonnement admiratif pour l'énergie, la vivacité, la gaieté de Maude plus que sa curiosité pour les pas de valse…

Acte II

Scène 1

CHEZ HAROLD

Quand la lumière s'allume, Harold est assis dans le salon, s'exerçant au banjo. Un instant plus tard, entre sa mère.

MME CHASEN. – Harold, la voiture de la nouvelle jeune fille entre dans la cour. Tu m'écoutes ? J'exige que tu mettes un terme à tes sottises. Je vais te laisser seul avec elle. Je ne veux pas revenir ici pour la trouver en pleine hystérie[1], avec ton bras sous une table ou ton crâne sur le tapis. C'est clair ?

HAROLD. – Oui, maman.

MME CHASEN. – Puisque tu dis que tu peux te passer du docteur Mathews, c'est le moment de le prouver.

HAROLD. – Oui, maman.

MME CHASEN. – Cette jeune fille est ton invitée. Il faut l'accueillir avec courtoisie[2]. Et n'oublie pas qu'elle est la troisième et dernière chance. *(La femme de chambre introduit Rose d'Orange et sort. Rose est grande, avec des cheveux roux, des bottes et l'air très dégagé de qui en a vu d'autres[3].)* Bonjour. Vous êtes, euh…

ROSE. – Rose d'Orange.

---

1. ***Hystérie*** : crise de folie.
2. ***Courtoisie*** : politesse.
3. ***L'air très dégagé de qui en a vu d'autres*** : l'air très décontracté.

© Bernand CDDS Enguerand

■ Harold et sa mère (Philippine Pascale) dans la mise en scène de Jean-Louis Barrault, au théatre Récamier, à Paris (1973).

MME CHASEN. – C'est ça. Venez. Je suis madame Chasen. Voici mon fils Harold.

HAROLD. – Comment allez-vous ?

ROSE. – Ça pourrait être pire.

MME CHASEN. – Ah, oui ! je me souviens. Vous êtes comédienne ?

ROSE. – J'aime à le croire.

MME CHASEN. – Avec Harold, vous ne manquerez pas de sujets de conversation. Tout ce qui touche au théâtre l'intéresse.

ROSE. – Chouette !

MME CHASEN. – Je vais chercher à boire. Harold, mon chéri, mademoiselle Fleur d'Oranger[1] voudrait peut-être une cigarette ?

ROSE. – Rose d'Orange, madame.

MME CHASEN. – Ah oui, bien sûr.

Elle sort. Harold conduit Rose au canapé et ils prennent place. Une courte pause.

HAROLD. – Une cigarette ?

ROSE. – Non, merci. Ça tache les doigts.

HAROLD. – Ah ! *(Un silence. Harold essaye vraiment de nouer la conversation.)* D'Orange, c'est votre vrai nom ?

ROSE. – C'était le nom de mon professeur d'art dramatique. Louis d'Orange. Vous avez entendu parler de lui ?

HAROLD. – Non...

ROSE. – Il a eu une influence décisive sur l'éclosion de mon instrument. L'instrument, c'est le corps, vous savez ça. Sentant éclore en moi quoique chose de neuf, je m'appelai d'Orange, en hommage à mon maître. Rose est mon vrai nom. Enfin, Rosette. *(Elle se lève et regarde la pièce.)* Superbe endroit. Les meubles, j'adore. Ça me rappelle le décor qu'on avait pour

---

1. La fleur d'oranger dégage un parfum très agréable ; elle est aussi le symbole de la virginité et du mariage. L'erreur de Mme Chasen sur le prénom de la jeune fille traduit involontairement son désir de marier son fils.

Macbeth[1]. *(Rapidement.)* Version moderne. *(Elle voit le banjo.)* Vous jouez ?

Harold. – J'apprends. Et vous ?

Rose. – Pas vraiment. J'ai étudié la guitare et j'ai dû abandonner. Ça me donnait des cals[2] au bout des doigts. Une comédienne ne peut pas se permettre d'avoir un instrument calleux.

Harold. – C'est évident. *(Un silence. Harold essaye encore.)* Vous jouez beaucoup ?

Rose. – Je m'entraîne tous les jours. Méthode d'Orange, l'instrument toujours accordé. Récemment, j'ai travaillé les classiques. Shakespeare, Bernard Shaw. Surtout sa Cléopâtre[3]. Je voudrais la donner avec l'accent arabe. *(Harold soupire. Rose aperçoit une panoplie[4] sur la cheminée.)* Hé ! Quelle chouette collection de lames ! Je peux toucher ?

Harold *(pris d'une idée)*. – Vous l'avez dit.

Il se lève et se rapproche d'elle.

Rose. – J'ai dit quoi ?

Harold. – C'est une chouette collection de lames.

Rose. – Vraiment ?

Harold. – Vraiment. *(Il prend un poignard.)* Celle-ci, tenez, est très intéressante. C'est un sabre de kara-kiri[5].

Rose. – Quel pied[6] !

---

1. ***Macbeth*** : drame de William Shakespeare, poète dramatique anglais (1564-1616), représenté en 1606 et qui a pour thèmes l'ambition et le remords.

2. ***Cals*** : épaississements et durcissements de la peau produits par des frottements.

3. ***Bernard Shaw*** (1856-1950) : écrivain et auteur dramatique irlandais, très engagé dans la critique de la société de son temps. Une de ses pièces, *César et Cléopâtre* (1901), tourne en ridicule une certaine conception de l'héroïsme. La jouer « avec l'accent arabe » n'aurait peut-être pas déplu à son auteur, prompt à dénoncer le conformisme social britannique !

4. ***Panoplie*** : collection d'armes, ici, d'épées et de poignards.

5. ***Hara-kiri*** : mode de suicide particulièrement honorable au Japon, qui consiste à s'ouvrir le ventre.

6. ***Quel pied !*** : expression familière qui traduit l'enthousiasme.

HAROLD. – Une ancienne cérémonie japonaise.

ROSE. – Ah oui ! Comme le thé ?

HAROLD. – Pas tout à fait. Regardez. Comme ça.

Avec un cri asiatique, Harold plonge le sabre dans son ventre. Il tombe sur ses genoux et, saignant abondamment, continue à s'éventrer jusqu'à ce qu'il s'écroule en avant avec un dernier soubresaut. Rose regarde le corps sans vie et tombe à genoux en poussant un cri.

ROSE. – Génial ! Absolument génial ! Qui avez-vous eu comme professeur ? *(Elle s'écarte soudain.)* Oh ! pardon. Je sais ce que c'est. J'ai joué Juliette au cours d'Orange. La Juliette de Roméo[1]. Louis pensait que c'était mon meilleur rôle. *(Rapidement, elle arrange ses cheveux et, après une respiration profonde, se jette dans le rôle de Juliette, qui se lamente après la mort de Roméo.)* Qu'est ceci ? Une coupe[2] ? Sur quoi s'est refermée la main de mon bien-aimé ? Un poison qui, je vois, fut sa mort trop hâtive. Avare ! Tu as tout bu ! *(Elle bat Harold.)* Sans laisser, pour m'aider, une goutte amicale ! Je vais baiser tes lèvres. *(Elle le prend vigoureusement dans ses bras. Harold ouvre les yeux, terrifié, mais Rose poursuit.)* Du poison est encore à couler de ta bouche pour me porter remède en me faisant mourir[3] *(Elle embrasse Harold qui aussitôt se remet à genoux.)* Que tes lèvres sont chaudes…

HAROLD. – Hé…

ROSE. – J'entends du bruit là-bas… Il me faut me hâter. *(Elle prend le poignard.)* Ô bienheureux poignard ! *(Elle s'arrête pour vérifier*

---

1. Allusion à *Roméo et Juliette* (1594), drame de William Shakespeare, qui met en scène l'amour réciproque de Roméo et Juliette malgré les rivalités de leurs familles, les Montaigu et les Capulet. La fin de la pièce est tragique : Roméo croyant sa bien-aimée morte s'empoisonne et Juliette finit par se poignarder sur le cadavre de Roméo. C'est cette scène que joue Rose d'Orange ; ses deux dernières répliques correspondent au texte de Shakespeare (acte V, scène 3).

2. ***Une coupe*** : il s'agit de celle qui a contenu le poison avalé par Roméo.

3. Juliette espère que les lèvres de Roméo sont humectées d'une assez grande quantité de poison pour qu'elle puisse s'en abreuver et mourir.

le tranchant de la lame. Satisfaite, elle continue.) Ô bienheureux poignard, voici ton vrai fourreau[1]... Repose-toi... ici... et laisse-moi... mourir...

Elle se poignarde et tombe sans mouvement sur le sol. Harold est très étonné. Il n'avait jamais rien vu de semblable. Il est debout au-dessus du corps sanglant de Rose, ne sachant que faire. La femme de chambre entre avec un aspirateur. Elle passe près d'Harold, regarde Rose et sort, impassible. Mais nous entendons soudain crier. Mme Chasen se tient sur le pas de la porte. Elle laisse tomber son plateau de verres.

MME CHASEN. – Harold ! *(Elle se calme un peu, tend le bras vers la fille sans vie.)* C'était ton dernier rendez-vous !

Scène 2

CHEZ MAUDE

Maude est devant sa porte, arrosant ses fougères, quand arrivent l'inspecteur Bernard et le sergent Doppel.

MAUDE. – Bien le bonjour, inspecteur. À vous aussi, sergent Doppel. C'est gentil de passer me voir. J'étais navrée de vous avoir manqués la dernière fois.

BERNARD. – Madame, ce qui nous amène ici est très sérieux. Cette fois, vous n'allez pas vous en sortir avec de beaux discours... Les meubles Barkley, Barkley frères, ça vous dit quelque chose ?

MAUDE. – Ça devrait me dire quelque chose ?

BERNARD. – En principe, oui. Tous vos meubles viennent de là.

---

1. ***Fourreau*** : étui pour les armes blanches ; le « vrai fourreau » dont parle Juliette – ici interprétée par Rose – est le corps, qui reçoit le poignard.

MAUDE. – Ah, je me rappelle ! Un charmant vendeur. Avec un tic[1] à l'œil gauche. Nous avons longuement bavardé. Savez-vous ce dont il rêvait ? De s'embarquer pour les mers du Sud et d'y devenir chasseur d'images. Il rêvait de photos de tortues et de perroquets.

BERNARD. – Il s'appelait Eliot ? Quincy Eliot ?

MAUDE. – Oui. Un bon jeune homme. Je me demande ce qu'il est devenu.

BERNARD. – D'après nos renseignements, il serait monté sur un cargo à destination de Samoa[2].

MAUDE. – Merveilleux ! Je lui avais vivement conseillé de le faire. C'était la seule façon de guérir son tic.

BERNARD. – Possible. Mais il a laissé une telle pagaille dans ses papiers que les frères Barkley ont fait appel à nous. Voici une liste des meubles qui vous ont été livrés. *(Il lui tend une liste.)* Mais aucune trace de règlement. Donc, à moins que vous ne payiez sur-le-champ, j'ai ici une saisie-arrêt[3] qui autorise la rentrée en possession immédiate desdits meubles. Vous avez l'argent ?

MAUDE. – Non.

BERNARD. – Je m'en doutais. *(Il reprend la liste et appelle deux déménageurs.)* Allez, au travail !

Deux déménageurs entrent, prennent la liste et pénètrent dans la maison. Pendant la suite de la scène, nous les verrons passer avec le canapé de Maude, sa table, ses chaises. Maude, cela va de soi, ne s'en préoccupe en aucune façon.

MAUDE. – Vous prenez tout ?

BERNARD. – Ce qui est sur la liste.

MAUDE. – Ah…

---

1. ***Tic*** : mouvement convulsif, geste bref et nerveux, répété involontairement.
2. ***Samoa*** : archipel de Polynésie dans l'océan Pacifique.
3. ***Saisie-arrêt*** : terme de droit qui désigne le fait de récupérer ce qu'une personne vous doit.

BERNARD. – Je mentirais si je disais que cela me fait de la peine. Il y a un bon bout de temps que vous avez planté un clou dans ma chaussure[1], si vous voyez ce que je veux dire. Mais je ne suis pas impitoyable. Je connais un bon asile de vieux pas loin d'ici et si vous vendez cette maison, je suis sûr que…

MAUDE. – Cette maison ?

BERNARD. – Oui.

MAUDE. – Elle n'est pas sur la liste ?

BERNARD. – Comment ?

MAUDE. – Cette maison. Je crois me rappeler qu'elle est venue avec les meubles.

BERNARD. – Cette maison n'est pas votre maison ?

MAUDE. – Oh non !

BERNARD. – Mais c'est que… c'est que… Doppel ! Prenez la suite ! Je vais vérifier ce qu'elle dit.

MAUDE. – C'est la vérité, inspecteur.

BERNARD. – Alors, demain, il faudra déloger.

L'inspecteur sort. Maude s'adresse à Doppel.

MAUDE. – Demain, c'est mon anniversaire. Ça tombe très bien. Je me préparais à partir, de toute façon. *(L'inspecteur sort. Harold entre avec son banjo. Il est stupéfait à la vue des déménageurs qui emmènent les meubles de Maude.)* Harold, venez ! Plus on est de fous ! Dites-moi, sergent, ça va prendre combien de temps, d'après vous ?

DOPPEL. – Si nous n'avons pas fini ce soir, nous emporterons le reste demain.

MAUDE. – Le reste demain. Parfait.

HAROLD. – Qu'est-ce qui se passe ? Pourquoi emportent-ils vos meubles ?

MAUDE. – Ils débarrassent. Cela s'appelle une rentrée en possession. Je viens de l'apprendre. Aimeriez-vous un de mes tableaux, sergent ? Un peu de couleur dans votre existence…

---

1. ***Vous avez planté un clou dans ma chaussure*** : vous m'ennuyez (familier).

HAROLD. – Vous allez vivre dans une maison vide ?

MAUDE. – La maison s'en va, elle aussi. J'aime à penser que toutes ces choses vont commencer une nouvelle vie. Ailleurs. Dites-moi, sergent, pensez-vous que l'inspecteur aimerait un petit souvenir ? Mon pistolet à graines, par exemple ?

DOPPEL. – Sincèrement, je ne pense pas.

MAUDE. – La baignoire des oiseaux peut-être ? Non ? Une fougère ?... Oh, Harold, regardez ! Nous n'avons pas encore planté le petit arbre.

HAROLD. – Maude...

MAUDE. – Non, non. Il faut le faire tout de suite. Prenez-le, je vais chercher une pelle. Excusez-nous, sergent, mais ça ne peut pas attendre. Si vous avez besoin de nous pour quoi que ce soit, nous sommes dans la forêt.

Elle sort.

DOPPEL *(un peu nerveux)*. – Vous pensez que je pourrais prendre la baignoire des oiseaux pour moi ?

Harold dépose son banjo et saisit l'arbre.

HAROLD. – Sergent, vous pouvez la prendre, vous asseoir dedans, barboter tant que vous voudrez. Et faire sauter un ballon sur le bout de votre nez. Personne ne s'en plaindra.

Scène 3

LA FORÊT

La lumière du soleil passe à travers les feuilles. Harold et Maude achèvent de planter le petit arbre. Maude tasse la terre autour du tronc et se redresse.

MAUDE. – Voilà. Il sera très heureux ici.

HAROLD. – C'est de la bonne terre.

MAUDE. – J'aime le contact de la terre. Et son odeur, pas vous ?

HAROLD. – Je ne sais pas.

MAUDE. – Quelle merveille. Toute cette vie autour de nous. Rien que des êtres vivants.

HAROLD. – Mais eux, demain, personne ne les mettra à la porte. Maude, si on essayait de contrecarrer[1] la police ? Je peux vous le dire : je vous réservais une surprise pour votre anniversaire, demain soir.

MAUDE. – Comme c'est gentil. Mais ce n'est pas perdu. Ils ne me chasseront pas avant demain.

HAROLD. – Et les meubles ?

MAUDE. – Nous mangerons par terre. Nous aurons plus de place pour danser.

HAROLD. – Pour la police… on ne pourrait pas imaginer un petit truc pour…

MAUDE. – Ne parlons plus de ça. Voilà qui est fait. Adieu, petit arbre. Pousse, verdis et meurs pour nourrir la terre. Venez, je veux vous montrer quelque chose. *(Ils s'avancent et s'arrêtent auprès d'un grand arbre.)* Qu'est-ce que vous dites de cet arbre ?

HAROLD. – Il est grand.

MAUDE. – Attendez d'être en haut.

HAROLD. – Vous n'allez pas grimper ?

MAUDE. – Et pourquoi non ? Je le fais à chaque fois que je viens ici. Venez. C'est un arbre sans difficulté.

Elle commence à grimper.

HAROLD. – Et si vous tombez ?

MAUDE. – Spéculation[2] hautement improbable, de toute façon stérile. *(Elle regarde d'en haut.)* Vous venez ou je vous décris le panorama ?

HAROLD *(avec un soupir)*. – D'accord, d'accord. Je viens.

Il commence son escalade.

---

1. ***Contrecarrer*** : faire obstacle, s'opposer, résister à.
2. ***Spéculation*** : hypothèse, considération.

MAUDE. – Pas mal. Il y a de l'idée. Vous ne le regretterez pas. Du sommet, la vue est magnifique.

HAROLD. – J'espère.

Maude atteint le sommet et s'installe sur une grosse branche.

MAUDE. – Sublime. Regardez, là, il y a un escalier tout juste fait pour vous. Allons, un petit effort. *(Harold à son tour parvient au sommet et s'assied auprès de Maude en s'agrippant fermement au tronc.)* Vivifiant, non ?

HAROLD. – Oui, c'est... c'est haut !

MAUDE. – Imaginez un peu. Nous sommes là, blottis dans un berceau géant parmi des millions d'arbres. Et nous sommes une infime partie de tout ça.

HAROLD. – C'est la mer là-bas. Vous entendez le vent ?

MAUDE. – Si nous hissions la voile ! Qui sait ? Nous partirions peut-être... Capturer le vent, déchirer les vagues, cingler[1] vers le large. Ce serait grisant[2].

HAROLD. – Vous en seriez capable. Moi, je me demande.

MAUDE. – J'aurais dû monter mon sac. Je pourrais tricoter ici.

HAROLD *(qui commence à descendre)*. – Je vais le chercher.

MAUDE. – Merci, Harold. Rapportez donc le cornet de pistaches. J'ai envie de grignoter quelque chose. Vous avez faim ?

HAROLD. – Un peu.

MAUDE. – Il y a aussi des oranges. Attendez une seconde. Je descends moi aussi.

HAROLD *(qui commence à se détendre)*. – La plupart des gens ne vous ressemblent pas. Ils s'enferment. Ils vivent tout seuls dans leurs châteaux. Comme moi.

MAUDE. – Château, roulotte, chaumière. Chacun vit enfermé. Mais on peut ouvrir les fenêtres, baisser le pont-levis, partir en visite, découvrir les autres, s'arrêter, voler ! Ah, c'est si bon de sauter le mur et dormir à la belle étoile !

Ils sont arrivés en bas.

HAROLD. – Il faut un certain courage. Vous n'avez pas peur ?

---

1. ***Cingler*** : ici, faire voile dans une direction.
2. ***Grisant*** : enivrant, exaltant, excitant.

MAUDE. – Peur de quoi ? Ce qui est connu, je le connais. Ce qui est inconnu, je cherche à le connaître. *(Ouvrant son sac.)* Tiens, c'est des mandarines. À part ça, j'ai des amis.

HAROLD. – Qui ?

MAUDE. – L'humanité.

HAROLD *(avec un sourire)*. – Ça fait beaucoup de monde. Vous êtes sûre qu'ils sont tous vos amis ?

MAUDE. – Vous connaissez l'histoire des deux architectes qui viennent voir le Bouddha[1] pour lui demander de l'argent ? Le premier construisait un pont et le Bouddha fut très impressionné. Il se mit à prier et un grand taureau blanc[2] apparut, avec un sac d'or sur le dos. « Prends-le », dit le Bouddha, « et construis d'autres ponts ». Le deuxième construisait un mur. « C'est un excellent mur », dit le Bouddha, un peu solennel comme d'habitude. Il se mit en prière, le taureau surgit, se dirigea vers l'architecte et s'assit tout simplement sur lui.

HAROLD *(qui éclate de rire)*. – Maude ! Vous avez inventé cette histoire.

MAUDE *(qui rit avec lui)*. – Mais c'est vrai ! Le monde n'a plus besoin de murs ! Nous devons mettre le nez dehors et construire de plus en plus de ponts.

Elle rit.

HAROLD. – J'en découvre des choses avec vous. Je grimperais au sommet du mont Blanc si vous veniez avec moi.

MAUDE. – Ça vous plairait beaucoup. La face nord surtout.

HAROLD. – Vous l'avez faite ?

MAUDE. – Oui. Avec Frédéric. J'avais fait le pari de traverser à la nage le détroit de Constantinople[3]. Il me devait un gage.

Elle lui tend une mandarine et en prend une.
Ils se mettent à manger.

---

1. ***Bouddha*** : titre donné à celui qui est parvenu à la sagesse et à la connaissance parfaites, dans le bouddhisme.

2. ***Le Taureau blanc*** est le titre d'un conte philosophique (1774) de Voltaire – récit à visée argumentative, comme la petite parabole imaginée par Maude.

3. ***Détroit de Constantinople*** : ancien nom du Bosphore, détroit qui sépare en Turquie l'Europe de l'Asie. Sa longueur est d'environ trente kilomètres !

© Bernand CDDS Enguerand

■ Harold et Maude (mise en scène de Jean-Louis Barrault, théatre Récamier, Paris, 1973).

HAROLD. – Qu'est devenu votre mari ?

MAUDE. – Il est mort. Je n'ai jamais pu savoir comment. À la fin de la guerre, tout était horriblement confus. Quand j'ai pu me renseigner, personne ne savait plus rien. *(Un temps. Maude inspire profondément en contemplant la cime des arbres.)* Harold, il n'y a que le présent !

HAROLD. – Le ciel n'en finit pas, si bleu, et l'espace immense, tout noir.

MAUDE. – Percé d'étoiles innombrables. Une de mes amies disait : « En ce moment même, elles brillent ! Et nous ne pouvons pas les voir. » Il y a tant de choses qui nous échappent…

HAROLD. – Est-ce que vous priez ?

MAUDE. – Je communie[1].

HAROLD. – Avec Dieu ?

MAUDE. – Avec la vie !

HAROLD. – Et Dieu, vous y croyez ?

MAUDE. – Comme tout le monde.

HAROLD. – Ah bon !

MAUDE. – Évidemment, si vous creusez un peu…

HAROLD. – Mais Dieu, qu'est-ce que c'est pour vous ?

MAUDE. – Il a beaucoup de noms. Brahma, le Tao, Jéhovah[2]. Pour moi, mon point de vue est celui du Coran[3] : « Dieu est Amour. »

HAROLD. – C'est dans les évangiles[4].

MAUDE. – Ah ! Tiens !

---

1. Dans la religion chrétienne, le verbe « communier » signifie recevoir le sacrement de l'eucharistie, c'est-à-dire le sang et le corps du Christ. Ici, il est employé au sens large et signifie « être en union avec ».

2. ***Brahma*** est une divinité hindoue, membre de la trinité Brahma-Shiva-Vishnou. Le ***Tao*** ou ***Dao*** est un élément de la doctrine philosophique et religieuse chinoise du taoïsme. ***Jéhovah*** ou ***Iahvé*** est le nom propre du dieu de la Bible révélé à Moïse.

3. ***Coran*** : livre sacré des musulmans.

4. ***Évangiles*** : livres saints contenant les enseignements et la vie de Jésus.

HAROLD. – Un fameux cliché[1] entre nous.

MAUDE. – Cliché aujourd'hui, demain pensée profonde et vice versa. Tout ce que je sais, quand je regarde cet arbre, c'est qu'il a beaucoup d'imagination. *(Montrant son tricot.)* N'est-ce pas ravissant ? J'ai appris à tricoter l'année dernière.

Harold rit et s'allonge sur le sol en s'étirant.

HAROLD. – On est vraiment bien ici. J'ai l'impression d'être un enfant. *(Maude rit.)* Vous savez ce que j'aimerais faire ?

MAUDE. – Non. Quoi ?

HAROLD. – Des cabrioles[2].

MAUDE. – Qu'attendez-vous ?

HAROLD. – J'aurais l'air idiot.

MAUDE. – Et après ? Tout le monde a le droit d'avoir l'air idiot, de temps en temps.

HAROLD. – Bon.

Il se lève et fait quelques cabrioles. Maude applaudit. Il rit. Elle se débarrasse de son tricot.

MAUDE. – Oh ! la roue… Je vais m'assouplir un peu.

Ce qu'elle fait. Elle s'agenouille, forme un triangle avec ses mains et s'élance. Elle se tient en équilibre sur la tête, à la grande joie d'Harold. Harold s'agenouille à côté d'elle et met sa tête en bas comme elle l'a fait.

HAROLD. – Vous devez croire que vous marchez sur le ciel.

MAUDE. – Comme un nuage ?

HAROLD. – Vous êtes un nuage. Suspendu sans cesse entre ciel et terre. Vous êtes très belle.

---

1. Un ***cliché*** est une expression toute faite, trop souvent utilisée ; Harold souligne que cette formule est universelle, commune à toutes les religions mais banalisée et comme vidée de son sens ; au contraire, Maude en la qualifiant de « pensée profonde » la valorise.

2. ***Cabrioles*** : bonds légers, capricieux et désordonnés ; synonyme de gambades.

MAUDE. – Vue à l'envers, ça peut passer. *(Elle retombe.)* Sacrés cheveux. De quoi ai-je l'air !

HAROLD *(calme et doux)*. – La plus belle personne que j'ai jamais vue.

MAUDE. – Harold *(elle sourit)*, vous me donnez l'âme d'une collégienne.

Il l'embrasse sur la joue.

HAROLD. – Merci pour cette journée.

MAUDE. – Exquise, n'est-ce pas ? Et nous la voyons maintenant qui s'achève. Le soleil s'en va. Il nous précède. Nous allons rester seuls avec l'obscurité et les étoiles.

HAROLD. – Comme dirait votre amie.

MAUDE. – Elle faisait confiance aux étoiles[1]. C'est ce qui l'a soutenue, malgré le froid, la faim. Et les miradors.

HAROLD. – Que lui est-il arrivé ?

MAUDE. – Je l'ai vue mourir en 1943. Le lundi de Pâques[2]. Comme tant d'autres. Regardez !

HAROLD. – Vous avez un numéro sur votre bras.

MAUDE. – Je ne suis pas la seule. Regardez.

Il regarde dans la direction qu'elle lui montre.

HAROLD. – Ce n'est qu'une mouette.

MAUDE *(calme)*. – Pendant sa détention à l'île du Diable, le capitaine Dreyfus[3] a décrit des oiseaux magnifiques. Beaucoup plus tard, en Angleterre, il réalisa que ce n'étaient que des

---

1. Dans le contexte terrible de la Seconde Guerre mondiale, l'étoile renvoie au ciel comme signe d'espérance, mais aussi à l'étoile jaune, signe vestimentaire distinctif imposé par le régime nazi aux juifs d'Allemagne d'abord, puis à ceux des zones soumises. Les miradors sont ceux des camps de concentration qu'évoque également le numéro tatoué sur le bras de Maude (l. 168).

2. Ce jour est cependant celui où, chez les chrétiens, on fête la résurrection du Christ.

3. ***Alfred Dreyfus*** (1859-1935) est un officier français accusé à tort d'avoir trahi la France en donnant des renseignements à un militaire allemand à la fin du XIXe siècle. Il fut condamné à la déportation à vie sur l'île du Diable en Guyane avant d'être gracié. Ses origines juives provoquèrent des réactions

mouettes. Venez, Harold. Les mouettes seront toujours des oiseaux magnifiques.

Scène 4

La maison de Maude

Il fait nuit. Harold et Maude entrent dans le noir. Maude allume les lumières du plafond et nous voyons que presque tous les meubles ont disparu et que la pièce est en désordre. Un lit à baldaquin[1] a été amené de la chambre et laissé devant la cheminée. Certains tableaux ainsi que d'autres objets manquent, ce qui donne une impression de vide un peu triste.

HAROLD. – Mais qu'est-ce que c'est ?

MAUDE. – Quelle splendeur ! Il y a tellement d'espace !

HAROLD. – On dirait qu'un cyclone est passé par là.

MAUDE. – J'aime bien ce côté laissé au hasard. Le lit n'importe où. Les lampes ? Envolées. C'est comme si je voyais tout pour la première fois.

HAROLD. – Qu'allez-vous faire demain quand ils viendront chercher le reste ?

Maude regarde les choses qu'on a laissées et ne semble pas entendre Harold.

MAUDE. – Je le distribuerai autour de moi. Les livres, je les laisserai à l'hôpital... Que disiez-vous ?

HAROLD. – Quoi qu'il arrive, je m'occuperai de vous.

MAUDE. – Pardon ?

---

antisémites très violentes dans la presse et dans l'armée, et cette affaire divisa pendant plusieurs années les Français.

1. ***Baldaquin*** : pièce de tissu prolongée de rideaux que l'on place notamment au-dessus d'un lit.

HAROLD. – Vous n'aurez à vous soucier de rien.

MAUDE. – Harold, c'est adorable. Il faut que je pense à un cadeau particulier pour vous.

HAROLD. – Je parle sérieusement.

MAUDE. – Je le sais bien. Si vous prépariez un bon feu pendant que je cherche quelque chose à boire ?

HAROLD. – D'accord.

Il commence à allumer le feu. Elle ouvre un petit meuble où elle prend un carafon[1] *et deux verres.*

MAUDE. – Ah, un chandelier ! Voilà ce qu'il nous faut ! *(Elle se met à allumer les bougies.)* Les odorifiques, je les porterai à l'orphelinat demain. Quelle journée en perspective !

HAROLD. – N'oubliez pas ma surprise, demain soir, ici. Pour votre anniversaire.

MAUDE. – Je n'oublie pas. Je ne pense même qu'à ça. *(Elle a terminé avec les bougies et les installe près du lit.)* Et voilà. *(Elle éteint les lumières du plafond et va vers les livres.)* Maintenant, il nous faudrait un peu de musique. Je crois qu'il y a un concert de Chopin[2] à la radio, ce soir.

Elle fait résonner le gong qui se trouvait sur le piano et la pièce est soudain remplie par la douce musique d'un concerto pour piano.

HAROLD *(regardant autour de lui)*. – Fabuleux !

MAUDE. – Ah, Chopin, j'adore… Le feu est très beau.

Elle s'assied sur le lit.

HAROLD. – Merci. *(Il s'assied près d'elle.)* J'aime l'odeur de ces bougies. Qu'est-ce que c'est ? Du bois de santal ?

MAUDE. – Non. C'est du musc de yack[3]. Mais on lui donne sûrement un autre nom dans le commerce. « Senteurs

---

1. ***Carafon*** : petite carafe.

2. ***Frédéric Chopin*** (1810-1849) : compositeur et pianiste polonais d'influence romantique.

3. Le ***bois de santal*** et le ***musc de yack*** sont des substances végétale et animale très odorantes.

himalayennes», par exemple, ou bien «Délices de Delhi». Ça fait mieux, j'imagine.

HAROLD. – C'est plus romantique.

MAUDE. – Eh oui.

Ils se taisent un instant.

HAROLD. – On voit les étoiles par la fenêtre.

MAUDE. – Très claires.

HAROLD. – Qu'est-ce que vous disiez à propos des étoiles et de votre amie, celle qui est morte ?

MAUDE. – Elle regardait le ciel, des nuits comme celle-ci, et elle me disait que la lumière d'une étoile lointaine met plus d'un million d'années à nous atteindre. Un million d'années, c'est le temps qu'il a fallu à la nature pour faire l'aile d'un oiseau. Alors, avant que la lumière encore invisible de cette étoile nous touche, qu'est-ce qui se passera? Que serons-nous devenus ?

HAROLD. – Maude...

MAUDE *(levant les yeux)*. – Oui ?

HAROLD. – Si nous chantions ?

MAUDE *(se reprenant)*. – Excellente idée !

HAROLD *(se dressant)*. – J'ai mon banjo. Je me suis entraîné.

Il sort et le rapporte.

MAUDE. – Ils ont pris le piano, mais tant pis. J'ai un harmonica quelque part par là. On pourrait essayer un duo.

Elle ouvre une vieille boîte et s'assied sur le lit. Harold revient et prend le banjo dans son étui.

HAROLD. – J'arrive à placer mes doigts mais il faut m'aider pour le temps. Je ne change pas de corde assez vite.

Elle a trouvé dans la boîte quelque chose qui, tout d'un coup, l'a attristée.

MAUDE. – Tout ce fouillis ! Mon Dieu !

HAROLD *(il la regarde. Il est stupéfait).* – Maude ! Qu'y a-t-il ?

MAUDE. – Je suis tombée par hasard sur ces vieilles choses… Des lettres… Des tickets de pain[1]… Et ça, regardez, une ancienne photographie… J'étais tellement différente… et pourtant la même…

HAROLD *(perplexe).* – Je ne vous ai jamais vue pleurer. Je n'aurais jamais cru… Je pensais que le chagrin ne pourrait jamais vous atteindre…

MAUDE. – Oui, je pleure. Je pleure pour vous. Pour ceci, pour cela. Pour un coucher de soleil, pour une mouette. Je pleure quand quelqu'un torture son frère, quand il a du remords et demande qu'on lui pardonne. Quand on lui refuse le pardon. Quand on le lui accorde. On rit. On pleure. C'est comme ça.

Harold s'efforce de ne pas pleurer à son tour. Il prend la main de Maude et, avec son autre main, essuie les larmes sur sa joue. Elle sourit. Il se penche et l'embrasse sur les lèvres. La musique de Chopin continue. Ils se regardent à la lumière des bougies. Il la prend tendrement dans ses bras, l'embrasse de nouveau et sans effort ils se laissent tomber, enlacés, sur le grand lit à baldaquin.

1. ***Des tickets de pain*** : probablement des tickets de rationnement datant de la Seconde Guerre mondiale.

Scène 5

La maison d'Harold

Le lendemain matin, assise dans son salon, Mme Chasen parle au téléphone.

Mme Chasen. – Un échec total, ma pauvre Betty. La première[1] s'est sauvée, la deuxième s'est évanouie et quant à la troisième, c'est moi qui ai failli me trouver mal. Une actrice complètement folle. Elle ne parlait que de son instrument. Elle s'est lancée à corps perdu dans une tirade de tragédie. C'est bien simple, même Harold en a été saisi. Enfin, tout ça c'était jeudi. Et puis, hier matin, il a quitté la maison. Il n'est pas encore rentré. Non ! Il n'est pas rentré de la nuit. Où ? Justement, je n'en sais rien ! Je suis très inquiète. *(Harold entre et traverse la pièce. Mme Chasen paraît surprise de le voir aussi décontracté.)* Un instant. *(Elle couvre le téléphone.)* Harold ! Où étais-tu ?

Harold. – Je ne suis pas rentré cette nuit.

Mme Chasen. – Je m'en suis aperçue. Je suis dans un état de nerfs épouvantable. Où as-tu passé la nuit ?

Harold. – Maman, je vais me marier.

Mme Chasen. – Qu'est-ce que tu dis ?

Harold. – Je vais me marier.

Il s'apprête à quitter la pièce.

Mme Chasen. – Ne quittez pas, Betty… Harold, reste ici ! Tu ne peux pas entrer, me dire une chose pareille et sortir. Si c'est sérieux…

Harold. – C'est sérieux.

---

1. Mme Chasen parle ici des différentes fiancées – « l'actrice », « la blonde » et « la petite brune » – qu'elle a présentées à Harold (acte I, scènes 7 et 10, et acte II, scène 1).

MME CHASEN. – Dans ce cas, il faut que je sache. De qui s'agit-il ? Qui est-ce ? Non ! Ne me dis pas que… c'est l'actrice ?

HAROLD. – Non.

MME CHASEN. – Merci, mon Dieu. Alors, la blonde ou la petite brune ?

HAROLD. – Ni l'une, ni l'autre.

MME CHASEN. – Mais alors, qui ?

HAROLD. – Tu ne la connais pas.

MME CHASEN. – Comment est-elle ?

HAROLD. – Très belle.

MME CHASEN. Où l'as-tu rencontrée, Harold ?

HAROLD. – À l'église.

MME CHASEN. – Ah bon ! Le père Finnegan la connaît ?

HAROLD. – Oui, ils sont bons amis. Il faut que j'achète une alliance. Je vais faire ma demande ce soir.

Il se dirige vers la porte.

MME CHASEN. – Harold, voyons ! On ne se lance pas tête baissée dans une aventure pareille. Quel est son milieu ? D'où vient sa famille ?

HAROLD. – D'Autriche. Une famille aristocratique.

MME CHASEN *(impressionnée)*. – Aristocratique ?

HAROLD. – C'est une comtesse, je crois.

MME CHASEN. – Une comtesse ? Une vraie ?

HAROLD. – Il faut absolument que j'y aille.

MME CHASEN. – Mais il faut que je fasse sa connaissance ! Où habite-t-elle ? Je dois me mettre en contact avec sa famille !

HAROLD *(sortant)*. – La dernière maison de la rue Waverly. Numéro 726.

MME CHASEN. – Harold ! Tu ne m'as pas dit son nom !

HAROLD. – Maude !

MME CHASEN. – Maude ? *(Elle réfléchit.)* Maude Chasen… Madame Harold Chasen… *(Soudain, elle se rappelle le téléphone.)* Betty ? Vous êtes là ? Il est arrivé une chose inimaginable ! Harold a trouvé une fiancée !

Scène 6

LA MAISON DE MAUDE

Les principaux meubles ont été emportés et la maison est vide, à l'exception d'une vieille malle et de quelques menus objets. Maude est en train d'attacher quelques livres, en fredonnant, quand Bernard entre.

MAUDE. – Eh bonjour, inspecteur. Entrez donc. La bouilloire est sur le feu. Vous prendrez bien une tasse de thé ?

BERNARD. – Non, merci !

MAUDE. – C'est du thé d'avoine. Je parie que vous n'en avez jamais bu.

BERNARD. – Sans façon.

MAUDE. – Comme vous voudrez. Mais je ne comprends pas qu'on refuse une sensation inédite.

BERNARD. – J'arrive du tribunal. L'arrêté[1] d'expulsion est signé. Vous avez vingt-quatre heures pour quitter cette maison.

MAUDE. – C'est largement suffisant. Je serai partie bien avant. Pouvez-vous poser votre doigt ici, sur le nœud ? Je fais quelques paquets pour l'hôpital.

De mauvais gré[2], il accepte.

BERNARD. – Vous trouvez sans doute que j'ai été dur avec vous...

MAUDE. – Oh non, inspecteur, pensez-vous.

BERNARD. – Si, si. Mais vous comprenez, c'est mon travail. Il faut bien que quelqu'un empêche les gens comme vous de faire chavirer la barque[3]. Je n'ai rien contre vous personnellement. Je tenais à vous le dire.

---

1. ***Arrêté*** : décision, ici émanant du tribunal.
2. ***De mauvais gré*** : contre sa volonté, malgré lui.
3. ***Que quelqu'un empêche*** [...] ***de faire chavirer la barque*** : que quelqu'un garantisse l'ordre (expression métaphorique qui évoque le rôle de la police).

MAUDE. – Je n'en ai jamais douté, inspecteur. *(Maude finit d'attacher les livres.)* Voilà, merci. On viendra les chercher de l'hôpital. À propos… j'aimerais vous laisser un petit souvenir de moi. Est-ce que ce tableau vous plaît ? *(Elle découvre le grand nu qui la représente.)* Il s'appelle « Nymphes et bergers assistant à une extase de sainte Thérèse[1] ».

BERNARD *(stupéfait)*. – C'est vous qui ?…

MAUDE. – Oui, c'est moi qui.

BERNARD. – Je vous remercie.

MAUDE. – Alors, je l'enverrai au père Finnegan. Après tout, l'atmosphère est assez religieuse. *(Elle le recouvre. Off, la bouilloire siffle.)* Excusez-moi, mais ma bouilloire est sur le feu.

BERNARD. – Au revoir, madame.

MAUDE. – Bonsoir, inspecteur. J'espère vous revoir.

Elle passe dans la cuisine. L'inspecteur sort. Mme Chasen, vêtue de ses plus beaux atours[2] pour rencontrer la « comtesse », entre, tenant l'adresse de Maude à la main. Elle regarde autour d'elle, très étonnée. Elle arrête l'inspecteur qui s'en va.

MME CHASEN. – Pardon monsieur, le 726 Waverly Street, c'est ici ?

BERNARD. – Madame, c'est la seule maison dans cette rue. Et croyez-moi, c'est assez d'une.

Il sort. Mme Chasen respire profondément et frappe à la porte.

MAUDE *(off)*. – Entrez ! *(Mme Chasen entre, Maude passe la tête par la porte de la cuisine.)* Ah, bonjour, les livres sont là. Je suis en train de préparer le thé. Vous en prendrez une tasse avec moi ? Ce sera vite fait.

Elle redisparaît dans la cuisine.

---

1. ***Sainte Thérèse d'Ávila*** (1515-1582) : religieuse espagnole du XVIe siècle ; elle montra que la prière et l'extase engendrée par cette dernière permettaient l'union avec Dieu.
2. ***Ses plus beaux atours*** : ses plus beaux vêtements.

MME CHASEN. – Madame, je…

MAUDE *(off)*. – Lait ou citron ? Oh, ça ne fait rien, j'apporte les deux. *(Maude fredonne sa chanson dans la cuisine. Résignée, Mme Chasen regarde autour d'elle en attendant. Un instant plus tard, Maude entre avec un plateau. Parmi d'autres objets, une théière en argent.)* Asseyez-vous. Tenez, sur cette malle.

MME CHASEN. – Excusez-moi. Je me suis sans doute trompée d'adresse.

MAUDE. – Ah ?

MME CHASEN. – Je cherche une jeune fille qui…

MAUDE. – Vous ne venez pas de l'hôpital ?

MME CHASEN. – Ah, non.

MAUDE *(riant)*. – C'est amusant. J'étais sûre que vous veniez de l'hôpital. Ils doivent envoyer quelqu'un pour prendre les livres que je leur donne.

MME CHASEN. – Ah, je vois. De temps en temps, moi-même, je quête[1] pour eux. Pour le moment, je cherche une jeune fille qui en principe habite ici, mais…

MAUDE. – Je suis la seule à habiter ici et aujourd'hui j'ai quatre-vingts ans.

MME CHASEN. – Quatre-vingts ans ? C'est magnifique. Tous mes compliments.

MAUDE. – Merci. Et maintenant, le thé. Vous n'y coupez pas. *(Elle s'assied et commence à verser. Mme Chasen ne peut plus s'en aller.)* J'ai eu beaucoup à faire aujourd'hui, et je suis loin d'avoir fini. Comme vous voyez, je m'en vais. Tout est sens dessus dessous. Du sucre ?

MME CHASEN. – Non, merci, pas de sucre. Peut-être cette jeune fille va-t-elle s'installer ici ?

MAUDE. – Peut-être. Voilà. Voulez-vous un gâteau ?

MME CHASEN *(qui s'assied avec la tasse)*. – Non, merci.

MAUDE. – Ils sont aux figues et aux amandes. Je les fais moi-même.

---

1. Mme Chasen organise des collectes d'argent pour l'hôpital.

MME CHASEN. – Dans ce cas, je ne peux pas refuser. J'en prendrai un.

MAUDE. – Je vous en prie.

Elle se verse une tasse de thé pour elle-même.

MME CHASEN. – Vous avez une théière ravissante.

MAUDE. – Elle vient de la famille de mon défunt mari. Elle vous plaît ?

MME CHASEN. – Énormément.

MAUDE. – Eh bien, je vous la donne.

MME CHASEN. – Vous me la donnez ?

MAUDE. – Cela me ferait un immense plaisir.

MME CHASEN. – Mais je ne peux pas accepter, je…

MAUDE. – Pourquoi non ? Je suis sûre que vous en prendrez grand soin.

MME CHASEN. – Oui, sans doute, mais laissez-moi au moins l'acheter, que…

MAUDE. – Jamais de la vie ! Elle est à vous.

MME CHASEN. – Puisque vous insistez. Merci infiniment. C'est tellement gentil de votre part.

MAUDE. – Ce n'est rien du tout. Un autre gâteau ?

MME CHASEN. – Je me laisse tenter. Ils sont vraiment délicieux.

MAUDE. – Prenez-en deux.

MME CHASEN. – Merci… Et ce thé ! Quel arôme !

MAUDE. – N'est-ce pas ? C'est du thé d'avoine.

MME CHASEN. – Du thé d'avoine ? Il faudra que j'en commande. Excusez-moi, je ne me suis pas présentée. Hélène Chasen.

MAUDE. – La mère d'Harold ?

MME CHASEN *(surprise)*. – Mais oui.

MAUDE. – Je suis heureuse de vous connaître. Harold m'a souvent parlé de vous.

MME CHASEN. – Vous êtes…

MAUDE. – La comtesse Mathilda Chardin.

MME CHASEN. – La comtesse…

© Bernand CDDS Enguerand

■ Mme Chasen (à gauche) chez Maude (mise en scène de Jean-Louis Barrault, théatre Récamier, Paris, 1973).

MAUDE. – Oui. Un titre démodé, c'est vrai. Appelez-moi donc Maude.

MME CHASEN. – Maude…

MAUDE. – Oui, Hélène.

MME CHASEN. – Maude ?

MAUDE. – Oui ?

MME CHASEN *(criant)*. – Maude !

MAUDE. – Que se passe-t-il. Hélène ?

MME CHASEN *(qui se remet)*. – Vous connaissez mon fils ?

MAUDE. – Nous sommes de très bons amis. C'est un garçon exceptionnel. Intelligent, sensible. Je l'adore. Mais vous êtes au courant, bien sûr ?

MME CHASEN. – Oui…

MAUDE. – Qui est cette jeune fille que vous cherchiez ? Quelqu'un que vous aimeriez lui faire connaître ?

MME CHASEN. – Ce n'est pas tout à fait ça. Non.

MAUDE. – Il devrait sortir, rencontrer plus de gens. Qu'en pensez-vous ? Je sais que vous avez essayé l'ordinateur[1]… *(Elle rit.)* Harold m'a raconté. Ce qu'il faudrait, c'est qu'il trouve lui-même quelqu'un.

MME CHASEN *(dévisageant Maude)*. – C'est bien ce qui me fait peur !

MAUDE. – Vous savez, tôt ou tard, l'oiseau quitte son nid.

MME CHASEN. – Vous m'avez bien dit que vous partiez ?

MAUDE. – Ce soir à minuit, je serai loin.

MME CHASEN. – Très loin ?

MAUDE. – Je présume.

MME CHASEN. – Il est donc inutile que je vous parle de…

MAUDE. – De quoi ?

MME CHASEN. – C'est assez délicat. Je ne sais comment dire, mais…

---

1. Maude évoque Matrimo-Flash, l'agence matrimoniale par ordinateur utilisée par Mme Chasen pour marier Harold.

MAUDE. – Oui ?

MME CHASEN. – Harold vous a déjà parlé de… du mariage ?

MAUDE. – Non. Pourquoi ?

MME CHASEN. – C'est un garçon très impulsif. Quand il a une idée en tête, il… Que pensez-vous du mariage ?

MAUDE. – Cela peut être une belle aventure. Deux personnes qui n'en font qu'une… Vous avez été mariée, je ne vous apprends rien.

MME CHASEN. – Mais… Que pensez-vous d'une femme âgée qui épouserait un jeune homme ?

MAUDE. – Je n'y vois aucun mal, et vous ?

MME CHASEN. – C'est un peu vite dit.

MAUDE. – Et quand un homme âgé épouse une jeune femme ?

MME CHASEN. – C'est différent. C'est admis.

MAUDE. – Je comprends. Ce qui vous préoccupe, n'est-ce pas, c'est ce que les gens vont dire.

MME CHASEN. – Oui, enfin…

MAUDE. – Et il y a longtemps que cela vous tracasse ?

MME CHASEN. – Il y a de quoi. Une femme d'un certain âge…

MAUDE. – Qui a déjà été mariée ?

MME CHASEN. – Oui.

MAUDE. – Mais dont le mari est mort ?

MME CHASEN. – C'est ça.

MAUDE. – Et qui songe à se remarier avec un jeune homme ?

MME CHASEN. – Oui, je…

MAUDE. – Hélène, n'hésitez pas une seconde. Mariez-vous.

MME CHASEN. – Pardon ?

MAUDE. – Je sais bien que certains en feront des gorges chaudes[1]. Mais si vous écoutez votre cœur, vous ne pouvez pas vous tromper.

---

1. ***Certains en feront des gorges chaudes*** : se moqueront de vous, feront des remarques malveillantes (expression imagée).

MME CHASEN. – Non, non, vous ne comprenez pas.

MAUDE. – Je comprends très bien.

MME CHASEN. – Ce n'est pas de moi qu'il s'agit ! C'est d'Harold !

MAUDE. – Harold trouvera ça magnifique. Je lui en parlerai, si vous voulez.

MME CHASEN. – Mais non, mais non, vous ne…

MAUDE. – Je sens qu'il y a quelque chose qui vous préoccupe. Et vous aimeriez m'en parler.

MME CHASEN. – Oui.

MAUDE. – C'est la lune de miel, je parie.

MME CHASEN. – Quoi ?

MAUDE. – Ne vous faites aucun souci. Vous êtes encore très attirante. Je connais plus d'un pigeon qui viendrait roucouler sous votre aile.

MME CHASEN *(se levant)*. – Je m'en vais.

MAUDE *(la raccompagnant)*. – Moi aussi. En tout cas, ce fut une grande joie de vous connaître. Et croyez-moi, avec une très bonne respiration et un exercice approprié, vous pourrez très facilement lui tenir tête.

MME CHASEN. – Elle est folle !

Elle sort. Maude aperçoit la théière et s'écrie :

MAUDE. – Hélène ! Vous oubliez votre théière !

Scène 7

Lieux simultanés

La scène se déroule à la fois dans la maison d'Harold, dans le bureau du psychiatre et à l'église. Les personnages vont apparaître aux quatre coins du théâtre, cernant en quelque sorte Harold qui se tient au milieu de la scène. Mme Chasen se trouve sur une hauteur, au premier plan jardin, le prêtre au centre de la salle et le docteur sur une hauteur symétrique à celle de Mme Chasen, au premier plan cour[1].

MME CHASEN. – Elle est folle ! Complètement folle ! Elle a quatre-vingts ans et elle veut épouser mon fils ! Mon père !

LE PRÊTRE. – Chère madame.

MME CHASEN. – Docteur !

LE DOCTEUR. – Chère amie.

MME CHASEN. – Il veut épouser cette octogénaire. Je refuserai mon consentement.

LE PRÊTRE. – En a-t-il vraiment besoin ?

MME CHASEN. – Alors, une mère n'a aucun droit ? Père Finnegan, vous connaissez Harold ? Ah ! je suffoque.

LE PRÊTRE. – Un charmant garçon. Très pieux. Je le vois souvent aux enterrements.

MME CHASEN. – Oui, eh bien, il veut se marier.

LE PRÊTRE. – Il veut se marier ? Excellente nouvelle ! Est-ce que je connais la fiancée ?

MME CHASEN. – Il paraît, mon père, que vous la connaissez. C'est la comtesse…

LE PRÊTRE. – La comtesse…

MME CHASEN. – Oui, Maude.

LE PRÊTRE. – Sainte mère de Dieu !

Harold s'avance au centre de la scène.

---

1. Au théâtre, le côté cour désigne le côté droit de la scène vue de la salle ; il s'oppose au côté jardin, côté gauche.

LE DOCTEUR. – Harold, votre mère est littéralement[1] bouleversée.

MME CHASEN *(parlant d'un autre coin de la scène)*. – Bouleversée ! Je suis au bord d'une dépression géante !

LE DOCTEUR. – Harold, êtes-vous sûr que ce projet de fiançailles n'est pas une autre forme de votre juvénile[2] révolte ? Après tout, vous avez reconnu que tous ces suicides n'étaient qu'une espèce de mise en scène pour attirer sur vous l'attention.

HAROLD. – Peut-être... Mais ce n'est plus le cas. Tout mon matériel, je vais le jeter. Ma mère sera contente.

MME CHASEN. – Elle sera au comble du bonheur !

LE DOCTEUR. – Hélène ! Du point de vue freudien[3]...

MME CHASEN. – Du point de vue freudien, il renonce au suicide pour succomber aux charmes de la sénilité[4]. Qu'est-ce qu'une mère pourrait souhaiter de mieux ?

LE PRÊTRE. – Allons, allons. Chère madame.

MME CHASEN. – Eh bien, dites quelque chose ! *(Au prêtre.)* Vous, arrêtez-le !

LE PRÊTRE. – Harold, votre mère est très inquiète.

HAROLD. – Je suis désolé de l'apprendre.

MME CHASEN *(rejoignant Harold et le docteur)*. – Mais alors pourquoi ? Pourquoi ? Qu'est-ce qui t'arrive ?

HAROLD. – L'amour.

MME CHASEN. – Quoi ?

HAROLD. – L'amour. Je suis amoureux.

MME CHASEN. – L'amour, ce n'est pas ça, l'amour ! Non et non.

---

1. ***Littéralement*** : proprement, véritablement.
2. ***Juvénile*** : qui est propre à la jeunesse.
3. ***Du point de vue freudien*** : si l'on se réfère aux thèses de Sigmund Freud (1856-1939), médecin autrichien inventeur de la psychanalyse. Dans cette scène, le docteur analyse le sens caché des décisions et des actes d'Harold à la lumière des théories de Freud.
4. ***Sénilité*** : vieillesse.

C'est de la perversité[1]. C'est encore ton goût morbide[2] pour les antiquités.

LE PRÊTRE. – C'est le complexe d'Œdipe[3], madame. *(Au docteur.)* Vous devriez savoir ça, vous !

MME CHASEN. – Dites-lui, docteur. Mais dites-lui que cette femme est assez vieille pour être sa mère ! Seigneur Dieu, elle est assez vieille pour être ma mère !

LE DOCTEUR. – Vous allez vous rendre malade. Hélène.

MME CHASEN *(le coupant)*. – Mais mon père, raisonnez-le. Il faut l'en empêcher.

LE PRÊTRE. – Harold.

MME CHASEN. – Parlez-lui du scandale dans les journaux. De nos amis. De la paroisse. De tout ce que vous voudrez.

LE PRÊTRE. – Harold !

HAROLD. – Mon père.

LE PRÊTRE. – Harold, l'Église ne s'oppose absolument pas à une union entre jeune et vieux. Chaque âge a sa beauté. Mais une union conjugale a un but bien défini, la procréation. *(Réaction ironique du psychiatre.)* Je manquerais à mon devoir si je ne vous disais pas que l'idée de... l'idée de votre jeune et ferme, de votre corps jeune et ferme, se pressant contre des... saisissant les... s'approchant de... je crois que dans... Honnêtement et franchement... je crois que je vais me trouver mal.

LE DOCTEUR. – Vous ne vous sentez pas bien, mon père ? Vous avez l'air un peu congestionné[4].

---

1. ***Perversité*** : tendance à accomplir des actes immoraux, goût pour le mal ; dépravation.

2. ***Morbide*** : malsain, anormal.

3. Le ***complexe d'Œdipe*** désigne une étape du développement psychique de l'enfant mise au jour et baptisée de cette manière par Sigmund Freud (voir note 3, p. 102). Le personnage mythologique d'Œdipe, coupable d'avoir tué son père et épousé sa mère, illustre selon lui l'attachement érotique de l'enfant au parent du sexe opposé.

4. ***Vous avez l'air un peu congestionné*** : vous êtes un peu rouge. Le docteur souligne le trouble du prêtre à l'évocation de la relation charnelle des amants !

LE PRÊTRE. – Je vais très bien… Ça va passer…

Le prêtre s'éloigne, suivi du docteur.

MME CHASEN. – Harold, mon fils.

HAROLD. – Ma mère.

MME CHASEN. – Comment peux-tu me faire ça ?

HAROLD. – Il faut que je m'en aille.

MME CHASEN. – Tu détruis ta vie.

HAROLD. – Je ne crois pas.

MME CHASEN. – Pense à ce que les gens vont dire.

HAROLD. – Je me fiche de ce que les gens vont dire.

MME CHASEN. – Évidemment, tu t'en fiches ! Ce n'est pas toi qui auras une princesse de quatre-vingts ans comme belle-fille ! Où vas-tu ?

HAROLD. – Je sors.

MME CHASEN. – Tu t'en vas ?

HAROLD. – Oui.

MME CHASEN. – Mais où vas-tu ?

HAROLD. – Épouser la femme que j'aime.

Noir.

Scène 8

LA MAISON DE MAUDE

Le décor est dans l'obscurité complète. Nous entendons les voix de Maude et d'Harold.

MAUDE. – Je peux entrer maintenant ?

HAROLD. – Oui.

MAUDE *(entrant)*. – Je n'y vois rien.

HAROLD. – Attention à ne pas trébucher.

MAUDE. – Trébucher ? Sur quoi ? Cet après-midi, la pièce était vide. *(Elle rit.)* Qu'avez-vous fait pendant que j'étais sortie ?

HAROLD. – Et tac !

Harold allume tout à coup et la pièce est illuminée par une centaine d'ampoules multicolores accrochées tout autour de la pièce et de la fenêtre. Sur le mur du fond est tendue une grande banderole qui porte ces mots : HEUREUX ANNIVERSAIRE. Des lanternes japonaises sont suspendues à la cheminée. Un grand vase est rempli de tournesols. Au milieu de la pièce, un vieux fauteuil et un tabouret sont disposés de part et d'autre du coffre, qui sert de table. Le couvert est dressé pour deux. Dans un vase en argent, une grande fleur pourpre.

MAUDE *(transportée)*. – C'est époustouflant ! Où avez-vous trouvé le temps ?

HAROLD. – Ce fut un peu plus long que je ne pensais. J'espérais que ce serait prêt pour le dîner. Et c'est prêt pour le souper[1].

MAUDE. – Une rude journée pour tous les deux. Je n'ai pas pu me débarrasser de tout. Vous terminerez demain.

HAROLD. – J'ai une autre surprise pour vous ce soir. Une surprise qui nous occupera demain, j'espère.

MAUDE. – J'adore les surprises, pas vous ? Elles me donnent l'impression d'être… une bulle… Des tournesols ! Où avez-vous trouvé des tournesols ?

HAROLD. – Je les ai fabriqués.

MAUDE. – Ils sont très beaux.

HAROLD. – Mais celle-ci est une vraie fleur. Que je vous offre. *(Il prend le vase.)* Un individu, un cas unique. Vous vous rappelez ?

MAUDE. – Inoubliable.

HAROLD. – Et maintenant, pour fêter ce beau jour…

Il se met à ouvrir une bouteille de champagne, qu'il avait dissimulée.

MAUDE. – Du champagne ?

---

1. ***Dîner*** : repas du midi ; ***souper*** : repas du soir.

HAROLD. – Pas de danger. C'est un produit naturel.

MAUDE. – Tout ceci est une merveille. On dirait qu'un soleil de feux d'artifice a explosé dans cette maison.

HAROLD. – Attention ! *(Il ouvre la bouteille et verse le champagne.)* Nous buvons à quoi ?

MAUDE. – À vous de le dire.

HAROLD. – À vous, Maude. Hier… *(Il lui donne la fleur.)* Aujourd'hui… *(Il heurte son verre.)* Et demain.

Il prend un écrin dans sa poche et le place discrètement sur la table.

MAUDE. – Très joli toast[1] pour un anniversaire. *(Ils boivent.)* Fera-t-on de vous un poète ?

HAROLD *(riant)*. – C'est vous qui auriez dû l'être.

MAUDE. – Moi ? Un poète ? *(Elle rit et ils s'asseyent.)* Une astronaute, oui.

HAROLD. – Une quoi ?

MAUDE. – Une astronaute. Mais à titre privé. Comme les hommes qui s'embarquèrent avec Magellan[2]. Pour voir si c'est vrai qu'on tombe, au bout du monde. *(Elle trace un cercle dans l'air avec sa main.)* Ce serait tellement drôle, si comme eux je revenais à mon point de départ.

HAROLD. – On chante quelque chose ?

MAUDE. – Oui. Attendez, j'y pense…

Elle se dirige vers une boîte.

HAROLD. – Ce n'est pas la peine. J'ai mon banjo. *(Il le prend.)* J'ai beaucoup travaillé. Prête ?

Il joue le premier couplet de La Chanson de Maude, *avec quelques hésitations, quelques erreurs. Au second couplet, Maude se lève pour chanter et danser. Harold chante avec elle pour le refrain final, qui est brillant.*

---

1. ***Toast*** : action ou discours par quoi l'on propose de boire en l'honneur de quelqu'un ou de quelque chose.

2. ***Fernand de Magellan*** (v. 1480-1521) : navigateur portugais du début du XVIe siècle qui fit le premier tour du monde.

MAUDE. – Stupéfiant ! Vous avez un vrai sens de la musique. Ne le perdez pas. *(Elle lui tend une boîte.)* Tenez.

HAROLD. – C'est quoi ?

MAUDE. – Un signe de mon affection.

HAROLD. – Merci. Qu'est-ce que c'est ?

MAUDE. – Ouvrez-le… et transmettez-le.

HAROLD. – D'accord. Mais tenez… *(Il lui tend l'écrin.)* Ouvrez d'abord le mien.

MAUDE. – Encore une surprise ? Vous n'auriez pas dû.

HAROLD. – C'est une bague. Sans grande valeur, mais… *(non sans émotion)* qui vous rendra heureuse, j'espère.

MAUDE. – Je suis heureuse. On ne peut plus heureuse. Je ne pouvais imaginer plus tendre adieu.

HAROLD. – Adieu ?

MAUDE. – Eh oui. J'ai quatre-vingts ans.

HAROLD. – Mais vous ne partez pas !

MAUDE. – Si. Il y a plus d'une heure, j'ai pris ce qu'il fallait. À minuit, je devrais être loin.

HAROLD. – Quoi ? Mais… Mais c'est… *(Elle lui sourit.)* Où est le téléphone ? Vite !

MAUDE. – Non, Harold !

Harold se précipite partout dans la pièce à la recherche du téléphone.

HAROLD. – Le téléphone ? Où est le téléphone ?

MAUDE. – Le téléphone ! Mais vous êtes fou ! *(Harold, ayant trouvé l'appareil dans un coin de la pièce, compose un numéro à toute allure.)* Il servait de perchoir aux oiseaux.

HAROLD. – L'hôpital ?… C'est un accident. Une trop forte dose de somnifères. Une ambulance, vite… 726, rue Waverly… C'est ça… Dépêchez-vous ! C'est une question de vie ou de mort !

Il raccroche.

MAUDE. – Harold, vraiment…

HAROLD. – Ne bougez pas. Ils seront ici dans trois minutes.

MAUDE. – Venez, souriez-moi.

HAROLD. – Je vous en supplie… *(Il s'agenouille auprès d'elle.)* Ne mourez pas. Je ne pourrais pas le supporter.

MAUDE. – Nous commençons à mourir dès notre naissance. La mort n'a rien d'étrange. Rien de surprenant. Non, Harold, je ne pars pas, j'arrive.

HAROLD. – Mais pourquoi ce soir ?

MAUDE. – J'ai choisi la date il y a très longtemps. Quatre-vingts ans, c'est un bon chiffre.

HAROLD. – Maude…

MAUDE. – Il faut avoir confiance, c'est tout. Confiance… *(Elle rit doucement.)* La tête me tourne un peu.

HAROLD. – Vous ne comprenez pas. Vous êtes tout pour moi. Je n'ai jamais dit ça à personne avant vous. Vous êtes la première. Ne me quittez pas.

MAUDE. – Chut…

HAROLD. – Je ne peux pas vivre sans vous. C'est vrai.

Déjà assoupie, elle caresse sa tête.

MAUDE. – Et cela aussi passera…

HAROLD. – Jamais ! Je ne vous oublierai jamais !

MAUDE. – C'était une soirée très agréable, Harold. Je vous remercie pour tout.

Elle ferme les yeux.

HAROLD *(à ses genoux)*. – Non, vous ne comprenez pas. Je vous aime… Je vous aime…

Elle lui sourit pour la dernière fois.

MAUDE. – C'est merveilleux, Harold. Aime encore. Et encore. Aime.

Elle meurt.

HAROLD. – Maude ?… Maude ?… *(Le son d'une sirène d'ambulance s'approche dans le lointain. Harold l'entend, de plus en plus fort.)* Oh, Maude… *(Sa tête tombe sur les genoux de Maude. Il se met à pleurer. Le son de la sirène grandit, tandis que les lumières baissent*

© Bernand CDDS Enguerand

■ Harold et Maude (mise en scène de Jean-Louis Barrault, théatre Récamier, Paris, 1973).

dans la maison. Harold se lève et, reculant légèrement, s'estompe dans l'ombre. Une faible lumière l'isole. Maude, qui était restée immobile après sa mort, se lève lentement. À pas très lents, dans une lumière irréelle, elle disparaît. Harold à présent est seul. Les lumières matinales réapparaissent. Maude n'est plus là mais les restes de la soirée sont comme nous les avons laissés. Très calme, Harold laisse tomber sa veste et regarde autour de lui. Il va vers le gâteau, vers le champagne et prend un verre. Mais l'émotion devient trop forte. Elle finit par exploser. Jetant le verre, il retourne la table, renverse les tournesols et, avec un cri de chagrin, il arrache la banderole du mur. Il s'arrête en voyant l'écrin. Le prenant dans sa main, il commence à pleurer.)
Maude… Oh, Maude…

Les larmes coulent le long de ses joues. Il s'effondre sur les coussins et, sanglotant comme un enfant perdu, il enfouit son visage dans ses bras. Le soleil levant vient le toucher. Il regarde autour de lui, ramasse son banjo, puis décide de le laisser sur place. Prenant sa veste, il s'apprête à sortir quand il voit le cadeau de Maude. Il s'assied, ouvre la boîte et y trouve le gong chinois qui se trouvait sur le piano. Il frappe le gong. Soudain, venant de nulle part, on entend au piano l'air favori de Maude. Harold n'en croit pas ses oreilles. La musique s'arrête, puis recommence, jouant les notes d'ouverture comme une manière d'invitation. Puis elle s'arrête. Harold saisit son banjo et joue les mêmes notes. Le piano répond. Harold sourit, joue l'introduction. Le piano se joint à lui. Ensemble, ils jouent en accord parfait, avec virtuosité, avec joie, et Harold s'en va lentement, accompagné par la musique…

FIN

© Bernand CDDS Enguerand

■ Maude qui se lève lentement après sa mort, avant de disparaître dans une lumière irréelle (mise en scène de Jean-Louis Barrault, théatre Récamier, Paris, 1973).

DOSSIER

Avez-vous bien lu ?

1. Quelles sont les activités préférées d'Harold ?

2. Pourquoi cherche-t-il toujours à se suicider ?

3. Où Harold et Maude se rencontrent-ils la première fois ?

4. Quel est le vrai nom de Maude ? Que sait-on de son passé ?

5. Trouvez trois adjectifs pour qualifier le caractère de Maude et justifiez-les.

6. À quel genre d'agence Mme Chasen fait-elle appel ? Pourquoi ?

7. Quels sont les différents personnages qui s'opposent aux projets d'Harold et Maude ?

8. Citez une scène comique. En quoi est-elle comique ? Justifiez votre réponse.

9. Comment se finit l'histoire d'Harold et Maude ?

10. Quelle leçon faut-il retenir de cette pièce ?

L'exposition (microlecture n° 1)

Relisez la scène 1 de l'acte I et répondez aux questions suivantes :

I. Une scène d'exposition

1. Quels éléments d'information sur le milieu social des personnages le dramaturge donne-t-il ?
2. Que peut-on deviner de l'intrigue à partir de cette première scène ?
3. Qu'apprend-on sur Mme Chasen et sur Harold ?

II. Un début surprenant

1. Montrez que la scène s'ouvre et se clôt sur des images violentes.
2. En quoi peut-on dire que la réaction de Mme Chasen est étrange ?
3. En quoi le mode de présentation d'Harold et la présence de la mort sont-ils étonnants dans une scène d'exposition ?

III. Une scène comique

1. En quoi Mme Chasen apparaît-elle comme un personnage ridicule ?
2. D'où naît le comique de la situation ?

Variations autour de l'exposition (corpus n° 1)

Le rôle de l'exposition théâtrale est d'informer le spectateur sur l'intrigue et les personnages ; il est aussi de piquer la curiosité du public : une véritable gageure[1] ! Assez classique dans sa forme, l'exposition d'*Harold et Maude* masque le caractère artificiel de l'exercice – les rudiments de l'intrigue sont exposés dans un dialogue entre deux personnages, qui plonge d'emblée le spectateur dans l'action. La farce du XVIIe siècle, si l'on en juge celle du *Médecin volant* de Molière, n'a pas le même souci : l'intrigue est présentée au spectateur à travers une longue tirade au jeu très statique. Le théâtre moderne – auquel appartiennent les pièces *Ubu roi* d'Alfred Jarry et *Le Soulier de satin* de Paul Claudel –, quant à lui, déroge souvent aux règles de l'exposition en livrant des informations incohérentes, parfois invraisemblables ou surprenantes qui n'éclairent guère le spectateur sur le caractère des personnages ou sur la suite de l'intrigue.

1. ***Gageure*** : pari, défi.

L'étude des expositions proposées ci-après permet de mesurer l'évolution du traitement de cette convention dramatique et d'apprécier les moyens mis en œuvre pour capter l'attention du spectateur. Après avoir lu les textes, vous répondrez aux questions situées à la fin du groupement.

Molière, *Le Médecin volant*, acte I, scène 1, 1659

Les premières pièces écrites par Molière (1622-1673) – homme de théâtre accompli, à la fois dramaturge, comédien, metteur en scène et directeur de troupe – sont des farces, pièces d'un comique bouffon et satirique reposant sur des procédés assez grossiers. En 1659, il compose ainsi une courte pièce de quinze scènes intitulée *Le Médecin volant*. L'intrigue réunit Lucile, son amant Valère, sa cousine Sabine, son père Gorgibus, et Sganarelle, valet de Valère. La pièce, qui développe le thème de l'amour contrarié et offre une satire des médecins, est représentée le 18 avril 1659 devant le jeune roi Louis XIV. C'est un succès.

VALÈRE, SABINE

VALÈRE. – Hé bien ! Sabine, quel conseil me donneras-tu ?

SABINE. – Vraiment, il y a bien des nouvelles. Mon oncle veut résolument que ma cousine épouse Villebrequin, et les affaires sont tellement avancées que je crois qu'ils eussent été mariés dès aujourd'hui, si vous n'étiez aimé ; mais comme ma cousine m'a confié le secret de l'amour qu'elle vous porte, et que nous nous sommes vues à l'extrémité par[1] l'avarice de mon vilain oncle, nous nous sommes avisées[2] d'une bonne invention pour différer le mariage. C'est que ma cousine, dès l'heure que je vous parle, contrefait[3] la malade ; et le bon vieillard, qui est

1. ***Nous nous sommes vues à l'extrémité par*** : nous sommes contraintes par.
2. ***Nous nous sommes avisées*** : nous avons convenu.
3. ***Contrefait*** : feint, joue.

DOSSIER

assez crédule, m'envoie quérir[1] un médecin. Si vous en pouviez envoyer quelqu'un qui fût de vos bons amis, et qui fût de notre intelligence[2], il conseillerait à la malade de prendre l'air à la campagne. Le bonhomme ne manquera pas de faire loger ma cousine à ce pavillon qui est au bout de notre jardin, et par ce moyen vous pourriez l'entretenir[3] à l'insu de notre vieillard, l'épouser, et le laisser pester tout son soûl[4] avec Villebrequin.

VALÈRE. – Mais le moyen de trouver sitôt[5] un médecin à ma poste[6], et qui voulût tant hasarder pour mon service[7] ? Je te le dis franchement, je n'en connais pas un.

SABINE. – Je songe une chose : si vous faisiez habiller votre valet en médecin ? Il n'y a rien de si facile à duper que le bonhomme.

VALÈRE. – C'est un lourdaud qui gâtera tout ; mais il faut s'en servir faute d'autre. Adieu, je le vais chercher. Où diable trouver ce maroufle[8] à présent ? Mais le voici tout à propos.

Alfred Jarry, *Ubu roi*, acte I, scène 1, 1896

L'imagination d'Alfred Jarry (1873-1907), écrivain et dramaturge français, a enfanté un curieux personnage : le père Ubu. Inspiré par un professeur de lycée détesté, ce roi dérisoire est au centre d'une trilogie constituée d'*Ubu roi, Ubu enchaîné* et *Ubu cocu*. Jouée pour la première fois en 1896 au théâtre de l'Œuvre à Paris, la pièce *Ubu roi* fait scandale. Ce drame en cinq actes et en prose marque une rupture avec le théâtre de l'époque. La critique qualifie le texte d'« excès d'ineptie et de grossièreté » et de « fumisterie ordurière » (Francisque Sarcey).

---

1. ***Quérir*** : chercher.
2. ***Qui fût de notre intelligence*** : qui fût au courant de notre ruse.
3. ***L'entretenir*** : lui parler.
4. ***Tout son soûl*** : autant qu'il voudra.
5. ***Sitôt*** : promptement.
6. ***À ma poste*** : ici, près de moi.
7. ***Hasarder pour mon service*** : prendre des risques pour moi.
8. ***Maroufle*** : synonyme de lourdaud ; rude, sans éducation.

Père Ubu, Mère Ubu

Père Ubu. – Merdre !

Mère Ubu. – Oh ! voilà du joli, Père Ubu, vous estes un fort grand voyou.

Père Ubu. – Que ne vous assom'je, Mère Ubu !

Mère Ubu. – Ce n'est pas moi, Père Ubu, c'est un autre qu'il faudrait assassiner.

Père Ubu. – De par ma chandelle verte, je ne comprends pas.

Mère Ubu. – Comment, Père Ubu, vous estes content de votre sort ?

Père Ubu. – De par ma chandelle verte, merdre, madame, certes oui, je suis content. On le serait à moins : capitaine de dragons[1], officier de confiance du roi Venceslas, décoré de l'ordre de l'Aigle Rouge de Pologne et ancien roi d'Aragon[2], que voulez-vous de mieux ?

Mère Ubu. – Comment ! Après avoir été roi d'Aragon vous vous contentez de mener aux revues[3] une cinquantaine d'estafiers[4] armés de coupe-choux[5], quand vous pourriez faire succéder sur votre fiole[6] la couronne de Pologne à celle d'Aragon ?

Père Ubu. – Ah ! Mère Ubu, je ne comprends rien de ce que tu dis.

Mère Ubu. – Tu es si bête !

Père Ubu. – De par ma chandelle verte, le roi Venceslas est encore bien vivant ; et même en admettant qu'il meure, n'a-t-il pas des légions d'enfants ?

Mère Ubu. – Qui t'empêche de massacrer toute la famille et de te mettre à leur place ?

Père Ubu. – Ah ! Mère Ubu, vous me faites injure et vous allez passer tout à l'heure par la casserole.

---

1. ***Dragons*** : soldats de cavalerie.

2. ***Aragon*** : région du nord-est de l'Espagne.

3. ***Revues*** : défilés militaires.

4. ***Estafiers*** : valets armés qui portaient le manteau et les armes de leurs maîtres, leur tenaient l'étrier.

5. ***Coupe-choux*** : sabres courts (familier).

6. ***Votre fiole*** : votre tête (familier).

MÈRE UBU. – Eh ! pauvre malheureux, si je passais par la casserole, qui te raccommoderait tes fonds de culotte ?

PÈRE UBU. – Eh vraiment ! et puis après ? N'ai-je pas un cul comme les autres ?

MÈRE UBU. – À ta place, ce cul, je voudrais l'installer sur un trône. Tu pourrais augmenter indéfiniment tes richesses, manger fort souvent de l'andouille et rouler carrosses par les rues.

PÈRE UBU. – Si j'étais roi, je me ferais construire une grande capeline[1] comme celle que j'avais en Aragon et que ces gredins d'Espagnols m'ont impudemment volée.

MÈRE UBU. – Tu pourrais aussi te procurer un parapluie et un grand caban[2] qui te tomberait sur les talons.

PÈRE UBU. – Ah ! je cède à la tentation. Bougre de merdre, merdre de bougre, si jamais je le rencontre au coin d'un bois, il passera un mauvais quart d'heure.

MÈRE UBU. – Ah ! bien, Père Ubu, te voilà devenu un véritable homme.

PÈRE UBU. – Oh non ! Moi, capitaine de dragons, massacrer le roi de Pologne ! plutôt mourir !

MÈRE UBU, *à part*. – Oh ! merdre ! *(Haut.)* Ainsi, tu vas rester gueux[3] comme un rat, Père Ubu ?

PÈRE UBU. – Ventrebleu, de par ma chandelle verte, j'aime mieux être gueux comme un maigre et brave rat que riche comme un méchant et gras chat.

MÈRE UBU. – Et la capeline ? et le parapluie ? et le grand caban ?

PÈRE UBU. – Eh bien, après, Mère Ubu ?

Il s'en va en claquant la porte.

MÈRE UBU, *seule*. – Vrout, merdre, il a été dur à la détente, mais vrout, merdre, je crois pourtant l'avoir ébranlé. Grâce à Dieu et à moi-même, peut-être dans huit jours serai-je reine de Pologne.

---

1. ***Capeline*** : pièce de tissu recouvrant la tête et les épaules.
2. ***Caban*** : manteau en gros drap de laine.
3. ***Gueux*** : pauvre.

Paul Claudel, *Le Soulier de satin*, première journée, scène première, 1929

Paul Claudel (1868-1955) mena une double carrière de diplomate et d'homme de lettres. Poète et auteur dramatique français, il écrit en 1924 un drame intitulé *Le Soulier de satin* qui sera, dans une version abrégée avec l'aide de Jean-Louis Barrault, représentée en 1943 à la Comédie-Française. Le nœud de l'action de cette œuvre qui multiplie les personnages, les intrigues secondaires et les lieux, et confond les époques, est l'amour impossible de don Rodrigue et de doña Prouhèze, épouse du vieux Pélage. La pièce, qui comprend deux parties – divisées chacune en deux journées – et un épilogue, commence par de longues indications scéniques. La didascalie préliminaire précise que « la scène de ce drame est le monde », à la fin du XVIe ou au début du XVIIe siècle, mais que « l'auteur s'est permis de comprimer les pays et les époques, de même qu'à la distance voulue plusieurs lignes de montagnes séparées ne sont qu'un seul horizon ». Avant le lever de rideau, l'Annoncier, un « solide gaillard barbu », muni d'une canne, apparaît sur l'avant-scène et annonce au public le titre de la pièce. Puis le rideau se lève.

L'ANNONCIER, LE PÈRE JÉSUITE[1]

L'ANNONCIER. – Fixons, je vous prie, mes frères, les yeux sur ce point de l'océan Atlantique qui est à quelques degrés au-dessous de la Ligne à égale distance de l'Ancien et du Nouveau Continent. On a parfaitement bien représenté ici l'épave d'un navire démâté qui flotte au gré des courants. Toutes les grandes constellations de l'un et de l'autre hémisphère, la Grande Ourse, la Petite Ourse, Cassiopée, Orion, la Croix du Sud, sont suspendues en bon ordre comme d'énormes girandoles[2] et comme de gigantesques

1. ***Jésuite*** : membre de la compagnie de Jésus, ordre religieux fondé au XVIe siècle par Ignace de Loyola.
2. ***Girandoles*** : guirlandes lumineuses.

panoplies[1] autour du ciel. Je pourrais les toucher avec ma canne. Autour du ciel. Et ici-bas un peintre qui voudrait représenter l'œuvre des pirates – des Anglais probablement – sur ce pauvre bâtiment espagnol, aurait précisément l'idée de ce mât, avec ses vergues et ses agrès[2], tombé tout au travers du pont[3], de ces canons culbutés, de ces écoutilles[4] ouvertes, de ces grandes taches de sang et de ces cadavres partout, spécialement de ce groupe de religieuses écroulées l'une sur l'autre. Au tronçon du grand mât est attaché un Père jésuite, comme vous voyez, extrêmement grand et maigre. La soutane[5] déchirée laisse voir l'épaule nue. Le voici qui parle comme il suit : « Seigneur, je vous remercie de m'avoir ainsi attaché… » Mais c'est lui qui va parler. Écoutez bien, ne toussez pas et essayez de comprendre un peu. C'est ce que vous ne comprendrez pas qui est le plus beau, c'est ce qui est le plus long qui est le plus intéressant et c'est ce que vous ne trouverez pas amusant qui est le plus drôle.

Sort l'Annoncier.

Paul Claudel, *Le Soulier de satin, ou le pire n'est pas toujours sûr,* © Gallimard.

1. Dans les textes de Molière et de Jarry, quelles informations vont servir à la compréhension de l'intrigue ? Trouve-t-on de telles informations dans le texte de Claudel ?

2. Dans le texte de Jarry et dans celui de Claudel, quels éléments surprennent le spectateur habitué au théâtre classique ?

---

1. ***Panoplies*** : ici, ensemble d'accessoires.
2. ***Vergues, agrès*** : termes de marine désignant certaines parties du gréement d'un bateau.
3. ***Pont*** : plate-forme d'un bateau.
4. ***Écoutilles*** : ouvertures pratiquées dans le pont d'un navire et qui permettent l'accès aux étages inférieurs.
5. ***Soutane*** : longue robe que portaient les ecclésiastiques.

Incipit du roman *Harold et Maude* de Colin Higgins

Avant d'être une pièce de théâtre, *Harold et Maude* est un roman[1]. En effet, le film réalisé par Hal Ashby en 1971 à partir du scénario de Colin Higgins est un tel succès que ce dernier décide d'en tirer un roman : il est l'un des premiers à « novéliser » une œuvre cinématographique. Le roman paraît en France en 1972. La comparaison entre l'exposition de la pièce et cet incipit permet de mesurer l'écart entre deux genres : le roman et le théâtre.

Harold Chasen grimpa sur la chaise et se passa le nœud coulant autour du cou. Il tira dessus, le vérifia. Oui, il tiendrait. Il inspecta du regard la pièce intime et chaude. L'électrophone[2] diffusait en douceur du Chopin[3]. L'enveloppe était posée bien en vue sur le bureau. Tout était prêt. Il attendit. Une voiture s'engagea dans l'allée. Elle s'arrêta et il entendit sa mère en descendre. L'ombre d'un sourire aux lèvres, il renversa la chaise du pied et se trouva brusquement suspendu dans le vide. Au bout d'un instant il cessa d'agiter les jambes et son corps se mit à se balancer au bout de la corde.

Mrs. Chasen déposa son trousseau de clés sur la table du hall, donna à la femme de chambre l'ordre d'aller chercher les paquets qui se trouvaient encore dans sa voiture. Elle venait d'assister à un déjeuner assommant et elle se sentait lasse. Elle se regarda dans le miroir et tapota machinalement ses cheveux. Oui, sa perruque platinée[4] irait parfaitement pour le dîner de ce soir. Elle allait décommander son rendez-vous avec René et se reposer le reste de l'après-midi. Après tout, elle avait bien le droit, pour une fois, de se dorloter. Elle gagna

1. Voir présentation, p. 9.
2. ***Électrophone*** : appareil qui permet d'écouter des disques.
3. ***Frédéric Chopin*** : voir note 2, p. 88.
4. ***Platinée*** : teinte en couleur platine, c'est-à-dire blonde, presque blanche.

la vaste pièce où ils aimaient à se tenir et s'installa à son secrétaire. Comme elle consultait son répertoire pour y trouver le numéro de son coiffeur, elle perçut les doux accents de Chopin. Quelle musique apaisante ! se dit-elle tout en formant le numéro. René serait furieux, mais ma foi tant pis. À l'autre bout du fil la sonnerie retentit. Elle s'adossa dans son fauteuil et se mit à tambouriner sur l'accoudoir. C'est alors qu'elle remarqua, posée sur son bureau, une lettre qui lui était adressée. Elle leva les yeux et vit, suspendu au plafond, le corps de son fils qui se balançait dans le vide.

Elle se redressa.

Le corps se balançait mollement, en un mouvement de pendule, et la corde attachée à la grosse poutre de chêne grinçait au rythme de la musique de Chopin.

Mrs. Chasen considéra les yeux exorbités, la langue pendante, le nœud coulant serré autour du cou bizarrement incliné.

« Il n'y a pas d'abonné au numéro que vous demandez, dit une voix impersonnelle. Veuillez consulter l'annuaire et former le numéro exact. Ici le... »

Mrs. Chasen raccrocha.

« Franchement, Harold, fit-elle en formant le numéro, tu trouves ça drôle ? Je pense que tu as complètement oublié que les Crawford dînent ici ce soir. »

« Harold a toujours eu des manières excellentes, déclara Mrs. Chasen à Mrs. Crawford mère au cours du dîner ce soir-là. La preuve, dès l'âge de trois ans il maniait à la perfection couteau et fourchette. Bébé, il ne m'a jamais causé aucun souci bien qu'il attrapât, plus souvent que d'autres, les petites maladies enfantines. Il devait tenir ça de son père, moi, je n'ai jamais été malade de ma vie. C'est de son père également qu'il a hérité son curieux sens des valeurs... son penchant pour l'absurde. Je me souviens encore qu'au cours d'un de nos séjours à Paris, Charlie sortit acheter des cigarettes. Je n'entendis plus parler de lui jusqu'à ce qu'on vienne m'annoncer qu'il avait été arrêté pour avoir descendu la Seine complètement nu... sous prétexte d'expérimenter le courant fluvial à l'aide d'une paire de palmes de caoutchouc du plus beau jaune. Il nous a fallu user de pas mal d'influence et débourser pas mal d'argent pour étouffer l'affaire.»

La jeune Mrs. Crawford rit de bon cœur, tout comme Mr. Crawford, Mr. Fisher, et Mr. et Mrs. Truscott-Jones. Quand à Mrs. Crawford mère, elle continua, en souriant, de siroter son champagne.

«Puis-je servir l'entremets[1] ? lui demanda Mrs. Chasen. Êtes-vous tous prêts à savourer une délicieuse pêche Melba ? Harold, mon chéri, tu ne finis pas tes cardons[2] ?»

Assis au bout de la table, Harold leva les yeux.

«Tu m'entends, chéri ? Mange tes cardons. C'est très nourrissant. Et très bon pour la santé.»

Harold regarda sa mère, puis le plus calmement du monde posa sa fourchette.

«Qu'y a-t-il encore ? lui demanda Mrs. Chasen. Tu ne te sens pas bien ?

– J'ai mal à la gorge, dit son fils d'une voix à peine audible.

– Oh, mon Dieu ! Dans ce cas, tu ferais peut-être mieux de monter immédiatement te coucher. Excuse-toi auprès de nos invités et dis-leur bonsoir.»

«Excusez-moi, répéta docilement Harold, et bonsoir à tous, et là-dessus il se leva de table et sortit de la pièce.

– Bonsoir», lui lancèrent en chœur tous les invités.

«Prends de l'aspirine, lui cria Mrs. Chasen. Avec beaucoup d'eau.» Et revenant à ses invités : «Dieu me pardonne je ne sais que faire de ce garçon. Ces derniers temps, il est véritablement devenu impossible. Je l'ai envoyé chez le docteur Harley, mon psychanalyste. De son côté, mon frère Victor – le général de brigade – ne cesse de me répéter qu'il n'existe qu'une solution pour lui, l'armée. Mais je ne tiens pas à ce qu'il parte se battre dans la jungle contre des sauvages. C'est ainsi que j'ai perdu mon pauvre Charlie. Évidemment Charlie ne se battait pas. Il photographiait des perroquets en Polynésie lorsque ce…

---

1. ***Entremets*** : plat léger que l'on sert avant le dessert.

2. ***Cardons*** : artichauts sauvages.

– Du champagne ! clama Mrs. Crawford mère en émettant un rot sonore.

– Mère ! dit la jeune Mrs. Crawford.

– Mère, je t'en prie ! dit à son tour Mr. Crawford.

– Désolée, fit Mrs. Crawford mère. J'ai cru voir une chauve-souris. »

Un silence plana. Puis Mr. Truscott-Jones déclara qu'il n'avait jamais savouré une aussi délicieuse pêche Melba. Sur quoi Mrs. Chasen leur raconta qu'elle en tenait la recette d'un ténor[1] qu'elle avait rencontré à Tokyo et qui se disait le fils naturel de Dame Nellie[2].

© Colin Higgins, *Harold et Maude*,
© Denoël, 1972, pour la traduction de Jane Fillion.

1. Quels sont les points communs entre la scène d'exposition de la pièce (acte I, scène 1) et les premières pages du roman ?

2. Quels sont les différences entre les deux textes ?

La philosophie de Maude (microlecture n° 2)

Relisez la scène 6 de l'acte I et répondez aux questions suivantes.

I. Maude : un personnage excentrique

1. Comment qualifier l'intérieur de la maison de Maude ?
2. En quoi le tableau peint par Maude et la machine à odorifiques expriment-ils l'originalité de la vieille dame ?
3. Quelles sont les singulières fréquentations de Maude ?

---

1. ***Ténor*** : chanteur lyrique.
2. ***Dame Nellie*** (1861-1931) : grande chanteuse soprano d'origine australienne.

II. L'éloge de la liberté

1. Que pense Maude de la notion de propriété ?
2. Comment se traduit le goût de Maude pour la liberté ?

III. L'éveil à la sensualité

1. Quels arts et quels sens sont évoqués dans la scène ?
2. En quoi peut-on dire que Maude initie Harold à la sensualité ? Quelles sont les différentes réactions d'Harold ?

La rencontre avec Rose d'Orange (microlecture n° 3)

Relisez la scène 1 de l'acte II et répondez aux questions suivantes :

I. Les relations mère-fils

1. Comment se traduit le caractère autoritaire de Mme Chasen ?

2. Quelle est l'attitude d'Harold face à sa mère ?

II. Le personnage de Rose d'Orange

1. Comment se manifestent la décontraction et la bêtise de Rose d'Orange ?

2. En quoi ce personnage de comédienne est-il ridicule ? Étudiez notamment la définition qu'elle donne de son métier.

III. Une scène comique et absurde

1. Montrez que le suicide par hara-kiri d'Harold contribue au comique de situation.

2. Pourquoi est-il amusant que Rose joue une scène de *Roméo et Juliette* ? Quelle est la réaction d'Harold ?

3. Montrez que le comique repose sur l'absurde dans la didascalie finale.

Formes du comique (corpus n° 2)

Harold et Maude use de ressorts dramatiques appartenant à une longue tradition comique. La pièce recourt aussi bien au comique de mots, de gestes, de situation que de caractère. Les extraits suivants appartiennent au même registre et soulignent que le but du comique n'est pas seulement le divertissement, qu'il vise aussi à faire naître la réflexion critique. Ils répondent au précepte hérité des Latins et qu'avait fait sien Molière : *Castigat ridendo mores*, « corriger les vices des hommes par le rire »...
Après avoir lu les textes, vous répondrez à la question située à la fin du groupement.

Molière, *Le Bourgeois gentilhomme*, acte II, scène 4, 1670

Le Bourgeois gentilhomme est l'une des plus célèbres comédies-ballets de Molière : la pièce, qui comporte des intermèdes chantés et dansés, fut commandée par Louis XIV à l'occasion de festivités données au château de Chambord en 1670. Cette comédie, si elle suit la mode des « turqueries »[1], fait aussi la satire d'une certaine bourgeoisie qui prend une place grandissante dans la société. Ainsi M. Jourdain est-il un bourgeois enrichi qui n'aspire qu'à une chose : fréquenter la noblesse. Pour se préparer au ballet qu'il veut offrir en cadeau à la marquise Dorimène, il prend toutes sortes de leçons. À

1. En novembre 1669, l'ambassadeur de l'Empire ottoman, Soleman Aga, est reçu par Louis XIV au château de Saint-Germain-en-Laye ; l'attitude dédaigneuse de l'envoyé du sultan offense le roi : la pièce de Molière met ainsi en scène des Turcs qui, bien que tournés en ridicule, mettent à la mode une certaine forme d'exotisme.

l'acte I, il reçoit son maître de musique et son maître à danser puis à l'acte II son maître d'armes et son maître de philosophie; ce dernier lui propose de lui enseigner la logique, la morale, la physique, mais M. Jourdain préfère se limiter à l'orthographe : c'est qu'il s'agit pour lui de savoir rédiger un billet à sa belle marquise.

MAÎTRE DE PHILOSOPHIE. – Que voulez-vous donc que je vous apprenne ?

MONSIEUR JOURDAIN. – Apprenez-moi l'orthographe.

MAÎTRE DE PHILOSOPHIE. – Très volontiers.

MONSIEUR JOURDAIN. – Après, vous m'apprendrez l'almanach[1], pour savoir quand il y a de la lune et quand il n'y en a point.

MAÎTRE DE PHILOSOPHIE. – Soit. Pour bien suivre votre pensée et traiter cette matière en philosophe, il faut commencer selon l'ordre des choses, par une exacte connaissance de la nature des lettres, et de la différente manière de les prononcer toutes. Et là-dessus, j'ai à vous dire que les lettres sont divisées en voyelles, ainsi dites voyelles parce qu'elles expriment les voix; et en consonnes, ainsi appelées consonnes parce qu'elles sonnent avec les voyelles, et ne font que marquer les diverses articulations des voix. II y a cinq voyelles ou voix : A, E, I, O, U.

MONSIEUR JOURDAIN. – J'entends tout cela.

MAÎTRE DE PHILOSOPHIE. – La voix A se forme en ouvrant fort la bouche : A.

MONSIEUR JOURDAIN. – A, A. Oui.

MAÎTRE DE PHILOSOPHIE. – La voix E se forme en rapprochant la mâchoire d'en bas de celle d'en haut : A, E.

MONSIEUR JOURDAIN. – A, E, A, E. Ma foi ! oui. Ah ! que cela est beau !

MAÎTRE DE PHILOSOPHIE. – Et la voix I en rapprochant encore davantage les mâchoires l'une de l'autre, et écartant les deux coins de la bouche vers les oreilles : A, E, I.

---

1. ***Almanach*** : calendrier accompagné d'observations astronomiques.

MONSIEUR JOURDAIN. – A, E, I, I, I, I. Cela est vrai. Vive la science !

MAÎTRE DE PHILOSOPHIE. – La voix O se forme en rouvrant les mâchoires, et rapprochant les lèvres par les deux coins, le haut et le bas : O.

MONSIEUR JOURDAIN. – O, O. Il n'y a rien de plus juste. A, E, I, O, I, O. Cela est admirable ! I, O, I, O.

MAÎTRE DE PHILOSOPHIE. – L'ouverture de la bouche fait justement comme un petit rond qui représente un O.

MONSIEUR JOURDAIN. – O, O, O. Vous avez raison. O. Ah ! la belle chose, que de savoir quelque chose !

MAÎTRE DE PHILOSOPHIE. – La voix U se forme en rapprochant les dents sans les joindre entièrement, et allongeant les deux lèvres en dehors, les approchant aussi l'une de l'autre sans les joindre tout à fait : U.

MONSIEUR JOURDAIN. – U, U. Il n'y a rien de plus véritable : U.

MAÎTRE DE PHILOSOPHIE. – Vos deux lèvres s'allongent comme si vous faisiez la moue[1] : d'où vient que si vous la voulez faire à quelqu'un, et vous moquer de lui, vous ne sauriez lui dire que : U.

MONSIEUR JOURDAIN. – U, U. Cela est vrai. Ah ! que n'ai-je étudié plus tôt, pour savoir tout cela ?

MAÎTRE DE PHILOSOPHIE.– Demain, nous verrons les autres lettres, qui sont les consonnes.

Georges Feydeau, *On purge bébé*, 1910

Georges Feydeau (1862-1921) s'est illustré dans le genre du vaudeville – comédie au rythme rapide, reposant sur des situations cocasses, des quiproquos et des rebondissements nombreux. Il est aussi l'auteur de farces en un acte, mettant en scène, comme très souvent les pièces de vaudeville, les disputes conjugales. Ainsi en est-il d'*On purge bébé*, une œuvre jouée dès 1910. La pièce met en scène M. Follavoine sur le

1. ***Faire la moue*** : manifester une intention de refus.

point de réaliser le contrat du siècle : vendre des pots de chambre à toute l'armée française ! Seulement voilà, Toto Follavoine, son fils de sept ans, n'a pas été sur le pot depuis un certain temps ! Julie, la mère, est catastrophée : faut-il « purger[1] bébé » et interrompre la négociation du contrat ? La scène qui suit réunit M. Follavoine et sa bonne Rose. Pour Feydeau, ce passage est l'occasion de faire une satire des bourgeois, médiocres, hypocrites et ignorants.

FOLLAVOINE. – Au fait, dites donc, vous... !

ROSE. – Monsieur ?

FOLLAVOINE. – Par hasard, les... les Hébrides[2]... ?

ROSE, *qui ne comprend pas.* – Comment ?

FOLLAVOINE. – Les Hébrides ?... Vous ne savez pas où c'est ?

ROSE, *ahurie.* – *Les* Hébrides ?

FOLLAVOINE. – Oui.

ROSE. – Ah ! non !... non !... *(Comme pour se justifier.)* – C'est pas moi qui range ici !... C'est Madame.

FOLLAVOINE, *se redressant en fermant son dictionnaire sur son index de façon à ne pas perdre la page.* – Quoi ! quoi, « qui range » ! Les Hébrides !... des îles ! bougre d'ignare[3] !... de la terre entourée d'eau... vous ne savez pas ce que c'est ?

ROSE, *ouvrant de grands yeux.* – De la terre entourée d'eau ?

FOLLAVOINE. – Oui ! De la terre entourée d'eau, comment ça s'appelle ?

ROSE. – De la boue ?

FOLLAVOINE, *haussant les épaules.* – Mais non, pas de la boue ! C'est de la boue quand il n'y a pas beaucoup de terre et pas beaucoup d'eau ; mais quand il y a beaucoup de terre et beaucoup d'eau, ça s'appelle des îles !

ROSE, *abrutie.* – Ah ?

FOLLAVOINE. – Eh ! bien, les Hébrides, c'est ça ! c'est des îles ! par conséquent, c'est pas dans l'appartement.

---

1. ***Purger*** : faire en sorte que Toto ne soit plus constipé !
2. ***Les Hébrides*** sont des îles situées à l'ouest de l'Écosse.
3. ***Ignare*** : ignorant, inculte.

ROSE, *voulant avoir compris.* – Ah ! oui !... c'est dehors !

FOLLAVOINE, *haussant les épaules.* – Naturellement !... C'est dehors !

ROSE. – Ah ! ben, non ! non, je les ai pas vues.

FOLLAVOINE, *quittant son bureau et poussant familièrement Rose vers la porte.* – Oui, bon, merci, ça va bien !

ROSE, *comme pour se justifier.* – Y a pas longtemps que je suis à Paris, n'est-ce pas ?

FOLLAVOINE. – Oui !... Oui, Oui !

ROSE. – Et je sors si peu !

FOLLAVOINE. – Oui ! ça va bien ! Allez !... Allez retrouver Madame.

ROSE. – Oui, Monsieur ! *(Elle sort.)*

FOLLAVOINE. – Elle ne sait rien, cette fille ! rien ! qu'est-ce qu'on lui a appris à l'école ? « C'est pas elle qui a rangé les Hébrides » ! Je te crois, parbleu ! *(Se replongeant dans son dictionnaire.)* « Z'Hébrides... Z'Hébrides... » C'est extraordinaire ! Je trouve zèbre, zébré, zébrure, zébu !... Mais les Z'Hébrides, pas plus que dans mon œil ! Si ça y était, ce serait entre zébré et zébrure. On ne trouve rien dans ce dictionnaire !

Eugène Ionesco, *La Leçon*, 1951

Grande figure du théâtre de l'absurde, qui révolutionne le genre dramatique dans les années d'après guerre, Eugène Ionesco (1909-1994), né en Roumanie d'un père roumain et d'une mère française, crée des « anti-pièces », qui mettent en cause la logique de l'action, la vérité psychologique des personnages et la rigueur du langage. *La Leçon*, drame comique écrit en 1950, ne comporte ni acte ni scène. La pièce donne à voir un professeur de « cinquante à soixante ans » qui tente d'enseigner son savoir à une jeune élève de « dix-huit ans ». Il fait un cours de mathématiques puis de linguistique[1] ; très patient et doux au début, il perd peu à peu son calme.

LE PROFESSEUR. – Toute langue, Mademoiselle, sachez-le, souvenez-vous-en *jusqu'à l'heure de votre mort...*

1. ***Linguistique*** : science qui a pour objet l'étude du langage.

L'ÉLÈVE. – Oh! oui, Monsieur, jusqu'à l'heure de ma mort… Oui, Monsieur...

LE PROFESSEUR. – … et ceci est encore un principe fondamental, toute langue n'est en somme qu'un langage, ce qui implique nécessairement qu'elle se compose de sons, ou…

L'ÉLÈVE. – Phonèmes[1]…

LE PROFESSEUR. – J'allais vous le dire. N'étalez donc pas votre savoir. Écoutez, plutôt.

L'ÉLÈVE. – Bien, Monsieur. Oui, Monsieur.

LE PROFESSEUR. – Les sons, Mademoiselle, doivent être saisis au vol par les ailes pour qu'ils ne tombent pas dans les oreilles des sourds. Par conséquent, lorsque vous vous décidez d'articuler, il est recommandé, dans la mesure du possible, de lever très haut le cou et le menton, de vous élever sur la pointe des pieds, tenez, ainsi, vous voyez…

L'ÉLÈVE. – Oui, Monsieur.

LE PROFESSEUR. – Taisez-vous. Restez assise, n'interrompez pas… Et d'émettre les sons très haut et de toute la force de vos poumons associée à celle de vos cordes vocales; comme ceci, regardez : «Papillon», «Eurêka», «Trafalgar», «papi, papa». De cette façon, les sons remplis d'un air chaud plus léger que l'air environnant voltigeront, voltigeront sans plus risquer de tomber dans les oreilles des sourds qui sont les véritables gouffres, les tombeaux des sonorités. Si vous émettez plusieurs sons à une vitesse accélérée, ceux-ci s'agripperont les uns aux autres automatiquement, constituant ainsi des syllabes, des mots, à la rigueur des phrases, c'est-à-dire des groupements plus ou moins importants, des assemblages purement irrationnels de sons, dénués de tout sens, mais justement pour cela capables de se maintenir sans danger à une altitude élevée dans les airs. Seuls, tombent les mots chargés de signification, alourdis par leur sens, qui finissent toujours par succomber, s'écrouler...

1. ***Phonèmes :*** la plus petite unité de langage parlé (voyelle et consonne), à ne pas confondre avec les syllabes.

L'ÉLÈVE. – … dans les oreilles des sourds.

LE PROFESSEUR. – C'est ça, mais n'interrompez pas… et dans la pire confusion… Ou par crever comme des ballons. Ainsi donc, Mademoiselle… *(L'Élève a soudain l'air de souffrir.)* Qu'avez-vous donc ?

L'ÉLÈVE. – J'ai mal aux dents, Monsieur.

LE PROFESSEUR. – Ça n'a pas d'importance. Nous n'allons pas nous arrêter pour si peu de chose. Continuons…

L'ÉLÈVE, *qui aura l'air de souffrir de plus en plus.* – Oui, Monsieur.

LE PROFESSEUR. – J'attire au passage votre attention sur les consonnes qui changent de nature en liaisons. Les *f* deviennent en ce cas des *v*, les *d* des *t*, les *g* des *k* et vice versa, comme dans les exemples que je vous signale : « trois heures, les enfants, le coq au vin, l'âge nouveau, voici la nuit ».

L'ÉLÈVE. – J'ai mal aux dents.

LE PROFESSEUR. – Continuons.

L'ÉLÈVE. – Oui.

Eugène Ionesco, *La Leçon*, © Gallimard.

En quoi ces trois textes sont-ils comiques ? Quelle critique de l'enseignement ou du savoir chacun formule-t-il ?

Le scandale du mariage (microlecture n° 4)

Relisez la scène 7 de l'acte II en entier et répondez aux questions suivantes :

I. Les opposants à l'amour

1. Quels personnages s'opposent à la décision d'Harold ? Comment cela se traduit-il ?

2. Quelles raisons avancent-ils pour essayer de convaincre Harold de renoncer à son projet ?

3. En quoi ces personnages paraissent-ils ridicules ?

II. La victoire d'Harold

1. Montrez qu'Harold a évolué.

2. En quoi peut-on dire qu'Harold sort victorieux de ce dialogue à quatre ?

III. Jeux de mise en scène

1. Faites un schéma de la position de chacun des personnages sur la scène.

2. Interprétez la place et les déplacements des personnages dans l'ensemble de la scène.

Le dénouement (microlecture n° 5)

Relisez la scène 8 de l'acte II et répondez aux questions suivantes sur le passage qui va de « *Il joue le premier couplet de* La chanson de Maude, *avec quelques hésitations, quelques erreurs* » à la fin de la scène :

I. Aveux amoureux

1. Montrez que cette scène est une scène de déclaration amoureuse.

2. Montrez qu'Harold ressent un certain trouble puis une grande inquiétude.

II. Une scène tragique et pathétique

1. Quelle atmosphère domine au début de l'extrait ? À quel moment repère-t-on un changement brutal ?

2. Analysez la façon dont est représentée et mise en scène la mort.

3. Comment se manifeste la souffrance d'Harold devant la perte de Maude ?

III. Le message final

1. Quelle image Maude donne-t-elle de la mort ? Comment la conçoit-elle ?

2. Quelles valeurs souhaite-t-elle aussi transmettre à Harold ?

Réflexion sur la vieillesse

Le personnage de Maude – une femme de quatre-vingts ans, qui lutte pour voir triompher ses idéaux, s'applique à profiter des plaisirs de la vie et tombe amoureuse d'un jeune homme de dix-neuf ans – offre une image singulière de la vieillesse. Le personnage nous amène à réviser le regard que nous portons sur nos aînés et à réfléchir à la place qui leur est dévolue dans la société : la question se pose sur les plans économique, social, éthique[1] et philosophique...

Simone de Beauvoir (1908-1986), philosophe, essayiste et romancière, dont la vie et la réflexion sont étroitement liées à Jean-Paul Sartre, consacre en 1970 un long essai à ce qui, selon elle, est alors un sujet « tabou » : *La Vieillesse*. En voici l'introduction.

Après avoir lu le texte, vous répondrez aux questions qui suivent, qui permettent de mettre au jour les idées défendues par l'auteur et celles qu'elle condamne.

Quand Bouddha était encore le prince de Siddharta[2], enfermé par son père dans un magnifique palais, il s'en échappa plusieurs fois pour se promener en voiture dans les environs. À sa première sortie il rencontra un homme infirme, édenté, tout ridé, chenu[3], courbé, appuyé sur une canne, bredouillant et tremblant. Il s'étonna et le cocher lui expliqua ce que c'est qu'un vieillard : « Quel malheur, s'écria le prince, que les êtres faibles et ignorants, grisés par l'orgueil propre à la jeunesse, ne voient pas la vieillesse ! Retournons à la maison. À quoi bon les jeux et les joies puisque je suis la demeure de la future vieillesse. »

Bouddha a reconnu dans un vieillard son propre destin parce que, né pour sauver les hommes, il a voulu assumer la totalité de leur

1. ***Éthique*** : science de la morale.
2. Bouddha, à l'origine du bouddhisme, fut prince héritier, fils du souverain d'une tribu du Népal, avant de quitter le palais royal en quête de la Vérité.
3. ***Chenu*** : blanc de vieillesse.

condition[1]. En cela il différait d'eux : ils en éludent[2] les aspects qui leur déplaisent. Et singulièrement la vieillesse. L'Amérique a rayé de son vocabulaire le mot *mort* : on parle de *cher disparu* ; de même elle évite toute référence au grand âge. Dans la France d'aujourd'hui, c'est aussi un sujet interdit. [...] Les mythes et les clichés mis en circulation par la pensée bourgeoise s'attachent à montrer dans le vieillard *un* autre. « C'est avec des adolescents qui durent un assez grand nombre d'années que la vie fait des vieillards », remarque Proust[3] ; ils gardent les qualités et les défauts de l'homme qu'ils continuent d'être. Cela, l'opinion veut l'ignorer. Si les vieillards manifestent les mêmes désirs, les mêmes sentiments, les mêmes revendications que les jeunes, ils scandalisent ; chez eux, l'amour, la jalousie semblent odieux ou ridicules, la sexualité répugnante, la violence dérisoire[4]. Ils doivent donner l'exemple de toutes les vertus[5]. Avant tout on réclame d'eux la sérénité ; on affirme qu'ils la possèdent, ce qui autorise à se désintéresser de leur malheur. L'image sublimée[6] qu'on leur propose d'eux-mêmes, c'est celle du Sage auréolé de cheveux blancs, riche d'expérience et vénérable, qui domine de très haut la condition humaine ; s'ils s'en écartent, alors ils tombent en dessous ; l'image qui s'oppose à la première, c'est celle du vieux fou qui radote et extravague[7] et dont les enfants se moquent. De toute façon par leur vertu ou par leur abjection[8] ils se situent hors de l'humanité. On peut donc sans scrupule leur refuser ce minimum qui est jugé nécessaire pour mener une vie d'homme.

---

1. Bouddha s'est fait homme pour mieux comprendre la condition humaine, c'est-à-dire le sort, le destin des hommes qui est d'être mortels.

2. ***Eludent*** : fuient, esquivent, évitent (du verbe « éluder »).

3. ***Marcel Proust*** (1871-1922) : écrivain français auteur d'une vaste œuvre romanesque intitulée *À la recherche du temps perdu* ; cette citation est tirée du dernier volume, *Le Temps retrouvé*.

4. ***Dérisoire*** : qui est ridicule et n'a pas de sens.

5. ***Vertus*** : qualités morales ; contraire de vices. L'opinion pense que les vieillards doivent être irréprochables.

6. ***Sublimée*** : idéalisée, magnifiée.

7. ***Extravague*** : délire, déraisonne, divague.

8. ***Abjection*** : extrême degré d'avilissement ; synonyme de dégradation.

Nous poussons si loin cet ostracisme[1] que nous allons jusqu'à le tourner contre nous-mêmes : nous refusons de nous reconnaître dans le vieillard que nous serons : « De toutes les réalités, [la vieillesse] est peut-être celle dont nous gardons le plus longtemps dans la vie une notion purement abstraite » a justement noté Proust. Tous les hommes sont mortels, ils y pensent. Un grand nombre d'entre eux deviennent des vieillards : presque aucun n'envisage d'avance cet avatar[2]. Rien ne devrait être plus attendu, rien n'est plus imprévu que la vieillesse. Quand on les interroge sur leur avenir, les jeunes, surtout les jeunes filles, arrêtent la vie au plus tard à soixante ans. [...] L'adulte se comporte comme s'il ne devait jamais devenir vieux. Souvent le travailleur est frappé de stupeur quand sonne l'heure de la retraite : la date en était fixée d'avance, il la connaissait, il aurait dû s'y préparer. Le fait est que – à moins d'être sérieusement politisé – jusqu'au dernier moment ce savoir lui était demeuré étranger.

Au jour venu, et déjà quand on s'en approche, on préfère d'ordinaire la vieillesse à la mort. Cependant, à distance, c'est celle-ci que nous considérons le plus lucidement. Elle fait partie de nos possibilités immédiates, à tout âge elle nous menace ; il nous arrive de la frôler ; souvent nous en avons peur. Tandis qu'on ne devient pas vieux en un instant ; jeunes, ou dans la force de l'âge, nous ne pensons pas, comme Bouddha, être déjà habités par notre future vieillesse : elle est séparée de nous par un temps si long qu'il se confond à nos yeux avec l'éternité ; ce lointain avenir nous paraît irréel. Et puis, les morts ne sont *rien* ; on peut éprouver un vertige métaphysique[3] devant ce néant mais d'une certaine manière, il rassure, il ne pose pas de problème. [...] Devant l'image que les vieilles gens nous proposent de notre avenir, nous demeurons incrédules ; une voix en nous murmure absurdement que ça ne nous arrivera pas ; ce ne sera plus nous quand ça arrivera. Avant qu'elle ne fonde sur nous, la vieillesse est une chose qui ne concerne

1. ***Ostracisme*** : synonyme de bannissement, d'exclusion.
2. ***Avatar*** : métamorphose, transformation.
3. ***Métaphysique*** : voir note 1, p. 36.

que les autres. Ainsi peut-on comprendre que la société réussisse à nous détourner de voir dans les vieilles gens nos semblables.

Cessons de tricher ; le sens de notre vie est en question dans l'avenir qui nous attend ; nous ne savons pas qui nous sommes ; nous ne savons pas qui nous sommes, si nous ignorons qui nous serons : ce vieil homme, cette vieille femme, reconnaissons-nous en eux. Il le faut si nous voulons assumer dans sa totalité notre condition humaine. Du coup, nous n'accepterons plus avec indifférence le malheur du dernier âge, nous nous sentirons concernés : nous le sommes.

Simone de Beauvoir, *La Vieillesse*, © Gallimard.

1. Quelle leçon Bouddha tire-t-il de sa rencontre avec le vieillard ?

2. Quelle réaction face à la vieillesse le locuteur condamne-t-il ?

3. Qu'est-ce qu'un vieillard selon Proust ?

4. Contre quelles représentations stéréotypées de la vieillesse s'insurge l'auteur dans le deuxième paragraphe ?

5. Quel passage de ce même paragraphe évoque le jugement de Mme Chasen, du prêtre et du docteur sur le couple formé par Harold et Maude (acte II, scène 7) ?

6. Quel paradoxe souligne Simone de Beauvoir dans le quatrième paragraphe à propos de la vieillesse et de la mort ?

7. Quel souhait formule-t-elle dans le dernier paragraphe ?

Harold et Maude, le film

Le film *Harold et Maude* sort au États-Unis en décembre 1971 et en France en août 1972 ; ses deux héros sont interprétés par le jeune Burt Cort et la pétillante Ruth Gordon. En Amérique comme en Europe, il connaît un immense succès mais défraye la chronique : l'histoire d'amour choque, l'anticonformisme de la vieille dame surprend et la célébration de la liberté, la transgression des règles sociales et l'antimilitarisme militant offusquent une partie du public.
Nous reproduisons l'affiche française du film p. 142. En quoi cette image, ainsi que la photo p. 143, sont-elles représentatives de l'histoire d'Harold et Maude ? À quelles scènes de la pièce peuvent-elles renvoyer ?

© Christophel

■ Affiche du film réalisé par Hal Ashby (1971).

© Christophel

■ Maude (Ruth Gordon) et Harold (Bud Cort) dans un cimetière (*Harold et Maude*, par Hal Ashby, 1971).

L'adaptation scénique de Jean-Claude Carrière

Dans une interview consacrée à la pièce, Jean-Claude Carrière souligne la différence entre le cinéma et le théâtre, deux arts spécifiques de la représentation : « Le cinéma est un art réaliste, un art de pure représentation où il faut tout montrer. L'imagination du spectateur est en quelque sorte paralysée, envahie par l'écran. Le théâtre est tout à fait différent. Sans participation de l'imagination du public, il n'y a pas de bonne représentation théâtrale. [...] par suite du peu de moyens dont on dispose par rapport au cinéma, de contraintes que constitue la scène, on est obligé de faire appel à tout autre chose : le jeu théâtral et la communication avec l'inconscient du spectateur. Voilà toute la démarche. Ce sont des choses très complexes[1]. »

Par rapport au cinéma qui offre de nombreuses possibilités (décors, actions spectaculaires, multiplicité des personnages et des scènes), les ressources du théâtre sont plus limitées. Adapter un film à la scène nécessite souvent de condenser l'action, de la resserrer. Pour cela, l'adaptateur peut choisir de réunir plusieurs scènes en une seule mais aussi décider de développer certains passages au détriment d'autres.

L'adaptation scénique du film *Harold et Maude* ne pouvait reproduire la diversité des décors du film – où alternent scènes d'extérieur et d'intérieur –, ni faire entrer sur scène le corbillard d'Harold, ni même donner à voir toutes les scènes de faux suicides du jeune homme, très nombreuses et nécessitant parfois des moyens sophistiqués. Ainsi Jean-Claude Carrière supprime-t-il la scène où Mme Chasen retrouve Harold noyé dans la piscine de la propriété pour ne conserver que trois suicides, de plus en plus spectaculaires : la pendaison, l'amputation et la mort par hara-kiri. En outre, il condense en les transformant certaines scènes redondantes, comme celles où Harold et Maude se

---

1. Extrait d'une interview de Jean-Claude Carrière publiée dans une édition de la pièce *Harold et Maude* (Hatier, coll. «Théâtre et mises en scène», 1985).

livrent à des cabrioles dans une prairie en fleurs et s'amusent dans une fête foraine : l'épisode qui se déroule dans la forêt suffit à exprimer l'initiation à la vie et au bonheur entreprise par Maude auprès d'Harold. De même ôte-t-il le passage emblématique du vol de la moto d'un policier par Maude : le vol de la voiture du père Finnegan par la vieille dame suffit à montrer qu'elle défie l'ordre public et les conventions sociales.
Le resserrement opéré par Jean-Claude Carrière s'accompagne de la suppression de certains personnages, certes secondaires mais assez présents dans le film : ainsi écarte-t-il l'oncle Victor, militaire haut gradé, rigide et autoritaire, affublé d'une prothèse au bras étrangement articulée. L'adaptateur justifie cette disparition par la dimension trop caricaturale du personnage et la critique antimilitariste qu'il véhicule, laquelle pouvait éloigner le spectateur du message central de la pièce : la leçon de vie et d'amour donnée par Maude.
Dans son adaptation, Jean-Claude Carrière effectue également de véritables modifications : la plus importante concerne la fin de l'histoire. Le dénouement du film est spectaculaire. Après avoir ingéré des comprimés, Maude est transportée à l'hôpital sans qu'on puisse la sauver. À l'annonce de sa mort, Harold prend la voiture que sa mère lui a offerte et, dans une course folle, monte jusqu'en haut d'une falaise. La voiture se précipite dans la mer et s'écrase. On aperçoit ensuite Harold marchant et jouant du banjo sur la falaise... L'effet de surprise est efficace – le spectateur croit un instant au désespoir d'Harold et à la réussite d'un ultime suicide – et le symbole évident – la voiture détruite signale qu'Harold s'est enfin dégagé de l'emprise maternelle. Cette fin cinématographique est impossible à transposer sur scène. Renonçant au registre pathétique et aux effets spectaculaires, Jean-Claude Carrière choisit de traiter différemment la mort de Maude : la scène prend un caractère plus poétique et symbolique. Un jeu de lumières fait apparaître puis disparaître le personnage, les déplacements montrent que l'héroïne, même morte, est encore vivante – elle sort de scène en marchant dos au public – et la présence de la musique – *La Chanson de Maude* composée par Guy Béart – dit la renaissance et la liberté d'Harold...

Néanmoins, bien que destinée à un public français, la pièce conserve le cadre américain de l'histoire écrite par Colin Higgins, en vertu de ses influences très américaines (le *flower power*, la culture hippie, la place tenue par le psychiatre...). S'il s'accompagne d'une grande liberté, le travail d'adaptation veille le plus souvent à respecter l'essence même de l'histoire.

La mise en scène de Jean-Louis Barrault

Pour Jean-Louis Barrault[1], le metteur en scène doit à la fois « servir l'auteur, ses intentions » et « mettre en valeur les personnages et les acteurs qui les interprètent[2] ». Originale, sa mise en scène de l'adaptation théâtrale d'*Harold et Maude* contribue au succès de la pièce.
Pour l'intérieur de Mme Chasen, il choisit un décor épuré : son austérité traduit la froideur et la rigueur de cette bourgeoise un peu rigide. Au contraire, celui de Maude s'apparente à l'intérieur d'une roulotte – une voiture correspondant à un mode de vie nomade –, soulignant le goût de Maude pour le provisoire et la liberté. Il est envahi par une profusion d'objets – ses *memorabilia* – objets inutiles, accessoires amusants, cotillons, voiles, tournesols en papier, emblématiques de sa gaieté et de sa légèreté.
Jean-Louis Barrault recourt aussi à des trouvailles qui pallient les contraintes théâtrales : ainsi, il use de bruitages pour contrecarrer l'impossibilité de représenter sur scène le vol de la voiture du père Finnegan, ou de diapositives projetées sur le fond de la scène pour figurer le cadre naturel de la scène 3 de l'acte II...

---

1. Voir présentation, p. 10.
2. Les citations sont extraites d'une interview donnée par le metteur en scène et publiée dans *Harold et Maude*, Hatier, éd. cit.

Le metteur en scène choisit aussi d'investir la salle : les acteurs jouent sur le plateau de la scène mais également dans la salle, afin de favoriser un contact avec le public : ainsi, à la fin de la pièce, alors que Maude s'en va de dos dans une nuit bleutée qui représente la mort, Harold, recouvrant la joie de vivre, se dirige vers le public et sort en passant par la salle : il retrouve ainsi le contact avec ses semblables qu'il avait perdu au début de la pièce et semble presque appeler le public à suivre son chemin

Commentez le placement et l'attitude des personnages, ainsi que le décor, sur les photographies tirées de la mise en scène de Jean-Louis Barrault et reproduites au fil de la pièce dans cette édition.

Notes et citations

Notes et citations

Notes et citations

Les classiques et les contemporains dans la même collection

ALAIN-FOURNIER
Le Grand Meaulnes

ANDERSEN
La Petite Fille et les allumettes et autres contes

ANOUILH
La Grotte

APULÉE
Amour et Psyché

ASIMOV
Le Club des Veufs noirs

AUCASSIN ET NICOLETTE

BALZAC
Le Bal de Sceaux
Le Chef-d'œuvre inconnu
Le Colonel Chabert
Ferragus
Le Père Goriot
La Vendetta

BARBEY D'AUREVILLY
Les Diaboliques – Le Rideau cramoisi, Le Bonheur dans le crime

BARRIE
Peter Pan

BAUDELAIRE
Les Fleurs du mal – *Nouvelle édition*

BAUM (L. FRANK)
Le Magicien d'Oz

BEAUMARCHAIS
Le Mariage de Figaro

BELLAY (DU)
Les Regrets

LA BELLE ET LA BÊTE ET AUTRES CONTES

BERBEROVA
L'Accompagnatrice

BERNARDIN DE SAINT-PIERRE
Paul et Virginie

LA BIBLE
Histoire d'Abraham
Histoire de Moïse

BOVE
Le Crime d'une nuit. Le Retour de l'enfant

BRADBURY
L'Homme brûlant et autres nouvelles

CARRIÈRE (JEAN-CLAUDE)
La Controverse de Valladolid

CARROLL
Alice au pays des merveilles

CERVANTÈS
Don Quichotte

CHAMISSO
L'Étrange Histoire de Peter Schlemihl

LA CHANSON DE ROLAND

CATHRINE (ARNAUD)
Les Yeux secs

CHATEAUBRIAND
Mémoires d'outre-tombe

CHEDID (ANDRÉE)
L'Enfant des manèges et autres nouvelles
Le Message
Le Sixième Jour

CHRÉTIEN DE TROYES
Lancelot ou le Chevalier de la charrette
Perceval ou le Conte du graal
Yvain ou le Chevalier au lion

CLAUDEL (PHILIPPE)
Les Confidents et autres nouvelles

COLETTE
Le Blé en herbe

COLIN (FABRICE)
Projet oXatan

COLLODI
Pinocchio

CORNEILLE
Le Cid – *Nouvelle édition*

DAUDET
Aventures prodigieuses de Tartarin de Tarascon
Lettres de mon moulin

DEFOE
Robinson Crusoé

DIDEROT
Entretien d'un père avec ses enfants

LEROUX
Le Mystère de la Chambre Jaune
Le Parfum de la dame en noir

LOTI
Le Roman d'un enfant

MARIVAUX
La Double Inconstance
L'Île des esclaves
Le Jeu de l'amour et du hasard

MATHESON (RICHARD)
Au bord du précipice et autres nouvelles
Enfer sur mesure et autres nouvelles

MAUPASSANT
Bel-Ami
Boule de suif
Le Horla et autres contes fantastiques
Le Papa de Simon et autres nouvelles
La Parure et autres scènes de la vie parisienne
Toine et autres contes normands
Une partie de campagne et autres nouvelles au bord de l'eau

MÉRIMÉE
Carmen
Mateo Falcone. Tamango
La Vénus d'Ille – *Nouvelle édition*

MIANO (LÉONORA)
Afropean Soul et autres nouvelles

LES MILLE ET UNE NUITS
Ali Baba et les quarante voleurs
Le Pêcheur et le Génie. Histoire de Ganem
Sindbad le marin

MOLIÈRE
L'Amour médecin. Le Sicilien ou l'Amour peintre
L'Avare – *Nouvelle édition*
Le Bourgeois gentilhomme – *Nouvelle édition*
Dom Juan
L'École des femmes
Les Femmes savantes
Les Fourberies de Scapin – *Nouvelle édition*
George Dandin
Le Malade imaginaire – *Nouvelle édition*
Le Médecin malgré lui
Le Médecin volant. La Jalousie du Barbouillé
Le Misanthrope
Les Précieuses ridicules
Le Tartuffe

MONTAIGNE
Essais

MONTESQUIEU
Lettres persanes

MUSSET
Il faut qu'une porte soit ouverte ou fermée. Un caprice
On ne badine pas avec l'amour

OVIDE
Les Métamorphoses

PASCAL
Pensées

PERRAULT
Contes – *Nouvelle édition*

PIRANDELLO
Donna Mimma et autres nouvelles
Six Personnages en quête d'auteur

POE
Le Chat noir et autres contes fantastiques
Double Assassinat dans la rue Morgue. La Lettre volée

POUCHKINE
La Dame de pique et autres nouvelles

PRÉVOST
Manon Lescaut

PROUST
Combray

RABELAIS
Gargantua
Pantagruel

RACINE
Phèdre
Andromaque

RADIGUET
Le Diable au corps

RÉCITS DE VOYAGE
Le Nouveau Monde (Jean de Léry)
Les Merveilles de l'Orient (Marco Polo)

RENARD
Poil de Carotte

RIMBAUD
Poésies

ROBERT DE BORON
Merlin

ROMAINS
L'Enfant de bonne volonté

LE ROMAN DE RENART – *Nouvelle édition*

ROSTAND
Cyrano de Bergerac

ROUSSEAU
Les Confessions

SALM (CONSTANCE DE)
Vingt-quatre heures d'une femme sensible

SAND
Les Ailes de courage
Le Géant Yéous

SAUMONT (ANNIE)
Aldo, mon ami et autres nouvelles
La guerre est déclarée et autres nouvelles

SCHNITZLER
Mademoiselle Else

SÉVIGNÉ (MME DE)
Lettres

SHAKESPEARE
Macbeth
Roméo et Juliette

SHELLEY (MARY)
Frankenstein

STENDHAL
L'Abbesse de Castro
Vanina Vanini. Le Coffre et le Revenant

STEVENSON
Le Cas étrange du Dr Jekyll et de M. Hyde
L'Île au trésor

STOKER
Dracula

SWIFT
Voyage à Lilliput

TCHÉKHOV
La Mouette
Une demande en mariage et autres pièces en un acte

TITE-LIVE
La Fondation de Rome

TOURGUÉNIEV
Premier Amour

TRISTAN ET ISEUT

TROYAT (HENRI)
Aliocha

VALLÈS
L'Enfant

VERLAINE
Fêtes galantes, Romances sans paroles *précédé de* Poèmes saturniens

VERNE
Le Tour du monde en 80 jours
Un hivernage dans les glaces

VILLIERS DE L'ISLE-ADAM
Véra et autres nouvelles fantastiques

VIRGILE
L'Énéide

VOLTAIRE
Candide – *Nouvelle édition*
L'Ingénu
Jeannot et Colin. Le monde comme il va
Micromégas
Zadig – *Nouvelle édition*

WESTLAKE (DONALD)
Le Couperet

WILDE
Le Fantôme de Canterville et autres nouvelles

ZOLA
Comment on meurt
Germinal
Jacques Damour
Thérèse Raquin

ZWEIG
Le Joueur d'échecs

Les anthologies dans la même collection

AU NOM DE LA LIBERTÉ
Poèmes de la Résistance

L'AUTOBIOGRAPHIE

BAROQUE ET CLASSICISME

LA BIOGRAPHIE

BROUILLONS D'ÉCRIVAINS
Du manuscrit à l'œuvre

« C'EST À CE PRIX QUE VOUS MANGEZ DU SUCRE… » Les discours sur l'esclavage d'Aristote à Césaire

CETTE PART DE RÊVE QUE CHACUN PORTE EN SOI

CEUX DE VERDUN
Les écrivains et la Grande Guerre

LES CHEVALIERS DU MOYEN ÂGE

CONTES DE SORCIÈRES

CONTES DE VAMPIRES

LE CRIME N'EST JAMAIS PARFAIT
Nouvelles policières 1

DE L'ÉDUCATION
Apprendre et transmettre de Rabelais à Pennac

LE DÉTOUR

FAIRE VOIR : QUOI, COMMENT, POUR QUOI ?

FÉES, OGRES ET LUTINS
Contes merveilleux 2

LA FÊTE

GÉNÉRATION(S)

LES GRANDES HEURES DE ROME

L'HUMANISME ET LA RENAISSANCE

IL ÉTAIT UNE FOIS
Contes merveilleux 1

LES LUMIÈRES

LES MÉTAMORPHOSES D'ULYSSE
Réécritures de L'*Odyssée*

MONSTRES ET CHIMÈRES

MYTHES ET DIEUX DE L'OLYMPE

NOIRE SÉRIE…
Nouvelles policières 2

NOUVELLES DE FANTASY 1

NOUVELLES FANTASTIQUES 1
Comment Wang-Fô fut sauvé et autres récits

NOUVELLES FANTASTIQUES 2
Je suis d'ailleurs et autres récits

ON N'EST PAS SÉRIEUX QUAND ON A QUINZE ANS Adolescence et littérature

PAROLES DE LA SHOAH

PAROLES, ÉCHANGES, CONVERSATIONS ET RÉVOLUTION NUMÉRIQUE

LA PEINE DE MORT
De Voltaire à Badinter

POÈMES DE LA RENAISSANCE

POÉSIE ET LYRISME

LE PORTRAIT

RACONTER, SÉDUIRE, CONVAINCRE
Lettres des XVIIe et XVIIIe siècles

RÉALISME ET NATURALISME

RÉCITS POUR AUJOURD'HUI
17 fables et apologues contemporains

RIRE : POUR QUOI FAIRE ?

RISQUE ET PROGRÈS

ROBINSONNADES
De Defoe à Tournier

LE ROMANTISME

SCÈNES DE LA VIE CONJUGALE
Le couple au théâtre, de Shakespeare à Yasmina Reza

LE SURRÉALISME

LA TÉLÉ NOUS REND FOUS !

LES TEXTES FONDATEURS

TROIS CONTES PHILOSOPHIQUES
Diderot, Saint-Lambert, Voltaire

TROIS NOUVELLES NATURALISTES
Huysmans, Maupassant, Zola

VIVRE AU TEMPS DES ROMAINS

VOYAGES EN BOHÈME
Baudelaire, Rimbaud, Verlaine

Création maquette intérieure :
Sarbacane Design.

N° d'édition : L.01EHRN000410.N001
Dépôt légal : janvier 2014
Imprimé en Espagne par Novoprint (Barcelone)